Pour Virginie,

Bienvenue à Tanger !

Belle lecture.

Et mes jours seront comme tes nuits

Amitiés,

[illegible]

Du même auteur

Aux Éditions Héloïse d'Ormesson

Une famille très française, 2018. Points, 2019.
Lucie ou La vocation, 2016. Points, 2017.

Maëlle Guillaud

Et mes jours seront comme tes nuits

Éditions Héloïse d'Ormesson

Roman

ISBN 978-2-35087-781-5

Éditions Héloïse d'Ormesson
92 avenue de France, 75013 Paris
www.editions-heloisedormesson.com

MIXTE
Papier issu de
sources responsables
FSC® C003309

L'éditeur de cet ouvrage s'engage dans une démarche
de certification FSC® qui contribue à la préservation
des forêts pour les générations futures.

Pour en savoir plus :
www.editis.com/engagement-rse/

À mon père,
qui est derrière chacune de ces pages.

– 1 –

Quand Hannah ouvre les yeux, la première chose qu'elle aperçoit, c'est la lune. Son corps est endolori par le froid. Sous ses doigts, le drap râpeux d'avoir été trop lavé. Sur sa poitrine, un poids. Les battements de son cœur s'accélèrent. Elle tourne la tête. Pendant une fraction de seconde, elle se demande où elle est, puis se souvient. Dans leur appartement. Elle a oublié de fermer la fenêtre, et c'est le vent qui l'a réveillée. Aujourd'hui, c'est le jour de Juan. Tous les jeudis, elle le retrouve. À chaque inspiration, une pointe acérée lui troue la poitrine. Le manque. L'attente. Et ce trop-plein, chaque fois déçu. Les heures qui fondent, trop à se dire et si peu de temps. Elle pose une main sur son ventre pour se calmer. En fermant les yeux, elle peut voir le visage de Juan sur l'oreiller, l'empreinte de son corps sur le drap. Un silence épais l'enveloppe, l'air a un parfum minéral. Celui du vide. Les réveils sont les plus durs, songe-t-elle. La nuit, elle sent son souffle sur sa nuque, son odeur, sa peau contre la sienne. L'aube la ramène à la solitude et, de Juan, il ne lui reste alors que des fragments, des rêves émiettés et la pesanteur d'un quotidien sans lui.

– 2 –

Le jeudi, c'est la cérémonie des retrouvailles. Devant sa penderie, une tasse de café à la main, elle hésite sur la tenue. Elle vide sa tasse. Le goût du café sur ses lèvres, et c'est celui de la bouche de Juan qui lui manque. Dans quelques heures, elle pourra le voir, le toucher. Il lui racontera ces heures qui s'étirent, la promiscuité et le bruit incessant. Infernal. C'est le premier mot qu'il avait choisi pour décrire ce chaos ambiant. Tous ces corps trop près du sien, ces odeurs tenaces et le ronronnement des mots dans sa tête. Ces histoires qu'il se raconte, ces phrases qu'il ne prononce que pour lui-même parce que, là où il est, on partage trop pour ne pas préserver l'essentiel. La fierté, la dignité. Hannah, ce sont les histoires qu'elle étouffe à l'intérieur d'elle-même.

Elle commence à se maquiller pour dissimuler les premières griffures du temps, d'inquiétude. Semaine après semaine, elle poudre ses joues, redessine ses yeux et ses lèvres. Un masque qu'elle sculpte pour présenter le visage d'une femme plus forte, plus combative. Capable d'affronter cette réalité-là.

Depuis trois ans, elle apprend à se rendre invisible. Depuis trois ans, elle a renoncé aux bottines ou aux soutien-gorge aux baleines arrogantes qui déclenchent l'alarme et attirent l'attention des gardiens. Le regard des hommes sur elle l'a toujours rassurée, mais là-bas, il lui est insupportable. Si seulement une fois, rien qu'une, elle pouvait franchir le système de sécurité sans provoquer la moindre alerte. Parvenir à faire abstraction est le plus compliqué. Ne pas donner prise, et surtout ne rien laisser de soi. Passer comme un souffle, celui qui ramène Juan à son individualité.

Quand il lui avait parlé de son numéro d'écrou, ça l'avait glacée. Il avait souri quand elle lui avait demandé si on l'appelait par cette série de chiffres. *Quand même pas. Mais pour cantiner, pour voir un médecin, pour n'importe quelle demande, il faut l'inscrire. Sans lui, on n'est personne.* Elle avait ressenti une coulée acide dans l'estomac. *Pour le reste, on m'appelle par mon nom de famille.* Désormais, Hannah prononce son prénom avec volupté. Il lui est réservé.

– 3 –

Vous n'êtes pas à la bonne entrée. Ici, c'est pour les administratifs. Vous devez aller au centre d'accueil. Et laisser votre portable dans un casier. Ces phrases, ce sont celles qui ont accueilli Hannah lorsqu'elle est venue la première fois. Elle ne comprenait pas. Où ça ? Quel casier ? Énervée, les mains moites, Hannah s'y était prise à trois fois sans réussir à le verrouiller. Comme à la piscine. Une femme avait refermé le sien d'un coup sec et s'était approchée pour l'aider. *On s'habitue, vous verrez.* Hannah n'en avait aucune envie. Autour d'elle, des bribes de phrases, les mots revenaient, *conditions de détention, demandes de permission, difficultés de l'accès aux soins, procédures interminables avec les avocats.* Et celle qu'elle redoutait le plus, *Il a fait quoi le vôtre ?* Hannah avait remercié et était repartie sans répondre. Ne pas se mélanger, ne pas banaliser la situation. Son orgueil, cette sensation d'étrangeté qu'elle éprouvait, elle refusait de les laisser retourner aux limons fangeux dont sa vanité les avait extirpés. Parce que s'habituer signifierait accepter, et que sa douleur s'était calcifiée autour de sa colonne vertébrale.

Un haut-parleur égrenait les noms des visiteurs. En attendant d'entendre le sien, Hannah s'était assise à l'écart, son sac sur les genoux. Rien de ce qu'elle avait lu sur Internet ne coïncidait avec ce qu'elle découvrait. Pourtant elle s'était préparée pour cette visite comme pour un entretien d'embauche. De la prison, elle visualisait la structure en escargot dépliée sur plusieurs hectares, et les cinq bâtiments d'hommes. Elle connaissait tous les chiffres. Le nombre de surveillants, de cellules, de places et de prisonniers. 2 000. Presque 2 900. 4 500. Ces chiffrent dansaient dans sa tête, devenaient tangibles. Elle avait une peur viscérale du monde dans lequel elle allait pénétrer, du quotidien de Juan. De cet univers clos, de ces portes qui ne s'ouvrent que si le gardien les déverrouille. Elle, qui n'était pas claustrophobe, tremblait à l'idée de ne plus pouvoir sortir de là. La veille, elle avait nettoyé leur appartement de fond en comble. Lavé les vitres, changé les draps. Pour se retrouver dans un cocon de douceur et déjouer la peur dès qu'elle rentrerait. Puis la honte l'avait accablée.

Elle avait découvert la lourdeur du protocole. En chaussettes, les pieds glissants dans des sur-chaussures en plastique, elle avait obéi en silence au gardien qui exigeait qu'elle retire le collier de Juan. Le bijou faisait sonner la machine. L'alarme avait affolé Hannah. Rarement elle s'était sentie aussi vulnérable qu'en cet instant. Aussi décalée. Un mélange de peur et d'indignité. Elle n'avait rien à faire là. Elle n'appartenait pas à ce monde, n'avait jamais commis la moindre infraction, avait un sens aigu de l'interdit et, face à la file de visiteurs devant elle, elle avait eu envie de s'enfuir. En passant sous le portique de détecteur de métaux, tandis que son sac glissait sous les rayons X, elle en avait profondément voulu à Juan de lui faire subir cette épreuve. L'autorité pesait comme une chape de plomb, les règles de sécurité étaient pires qu'à l'aéroport, le dépaysement, incomparable. Elle avait eu l'impression d'entrer dans un camp militaire.

– 4 –

L'empreinte de nos pas est déjà creusée dans la terre que nous n'avons pas encore foulée. Cette phrase de sa grand-mère, Hannah se la répète en s'engouffrant dans le couloir de la maison d'arrêt. Elle pense à tous les kilomètres de bitume qu'elle parcourt chaque semaine pour rejoindre Juan, au bitume sous ses pas à lui. Est-ce que tout est écrit ? Est-il gravé quelque part que Juan allait faire basculer leur vie dans cet enfer ? Elle préfère chasser de son esprit l'erreur qui l'a conduit ici, l'oublier, et ne plus ressentir cette amertume en elle.

Devant Hannah, une grille. Elle pose la main dessus. Ce même réflexe inutile. Elle ne s'habitue pas. Le claquement la fait sursauter. Elle est à fleur de peau, comme à chaque visite. Pour se calmer, elle respire en gonflant le ventre comme lorsqu'elle joue de la flûte, et pense au chant du muezzin, la prière de là-bas, là où le soleil glisse sur les terrasses et les éclabousse de sa lumière crue. Tanger, son paradis perdu.

Et Juan, à quoi pense-t-il quand les instants deviennent trop lourds ? *C'est toi que j'ai envie d'écouter*, lui dit-il chaque fois. *Parle-moi de tes journées, de tes collègues, de ce que vous jouez, fais-moi rêver.* Alors Hannah imite le sérieux du chef d'orchestre, ses doigts s'agitent dans l'air poussiéreux et elle fredonne à voix basse, rien que pour lui, les nouveaux morceaux qu'ils répètent. Tout plutôt que de laisser le silence s'installer, avec ce malaise qui l'accompagne. Comme ces nombreuses silhouettes autour d'eux, et l'absence d'intimité. La nouvelle vie de Juan trace un sillon dans leur histoire. Ils sont désaccordés. Ils n'ont que quarante-cinq minutes, pas une de plus, pour retrouver la note juste et s'extraire de ce cadre trop gris. Austère, froid, monochrome. Quand certains aveux sont trop pénibles, ils font semblant, se sourient, dissimulent la souffrance qui leur grignote le ventre. Cette souffrance qui me recouvre comme une carapace, songe Hannah. Une tortue, voilà ce qu'elle est devenue. Le chagrin ne se dompte pas, et l'analyser ne protège ni des souvenirs qui l'enserrent ni de cette réalité insidieuse. Sa violence ripe comme une lame le long de son corps.

– 5 –

Quand Juan parle, elle ne voit que ses yeux. Son visage dévoré par ses pupilles marron, noyées de lassitude. Ses joues se sont creusées. Sa voix rauque se raconte, comme on se confie à soi-même.

« Ici, tout est absurde. Le crissement des chariots sur le ciment, le claquement des fermetures automatiques, le passage des gardiens réglé comme du papier à musique. 5 h 30, 7 heures, 11 h 45, 13 heures, 16 heures, 17 heures, 19 heures. Tous les jours. Et à chaque passage, la lumière qu'ils allument. Les relents d'oignon et de chocolat quand les gars cuisinent sur leurs petites plaques chauffantes. »

Ce que Juan ne dit pas, c'est que ces odeurs lui font penser aux mauvaises herbes qui poussent entre les failles du béton, comme les souvenirs d'un ailleurs, d'un autrefois. À l'extérieur. Qu'il laisse ses codétenus cuisiner parce que c'est plus simple. Parce qu'il ne veut rien trahir de lui-même, ne rien exprimer, par crainte de ne plus pouvoir s'arrêter. Se livrer, c'est mourir un peu. Mener un combat contre le sort, même illusoire, c'est rester vivant. Même s'il sait que c'est faux, il se répète qu'il sortira bientôt d'ici d'une manière ou d'une autre.

« Les tensions permanentes, les guerres de clans. La dernière, c'était les Tchétchènes contre les banlieusards. Et les passages à tabac pour rien.

– Et toi ? demande-t-elle, soudain oppressée.

– Moi ? »

Il sourit en frottant ses joues mal rasées.

« Moi, je me tiens à l'écart. »

Il poursuit son récit et elle l'écoute sans l'interrompre. Elle voit sous ses yeux défiler la cruelle douceur des jours enfuis. Quand elle croyait à leur bonheur et qu'il lui mentait déjà. Mais il l'aimait. Il l'aime encore. Elle le sait.

« Un fils d'avocat et ancien étudiant en droit derrière les barreaux, c'est d'un cynisme ! Et dire que, pendant longtemps, j'aurais fait n'importe quoi pour plaire à mon père. Pour qu'il soit fier de moi. Que je retrouve cet éclat dans son regard quand il s'intéressait encore à moi, et m'emmenait les week-ends dans les musées. »

Carlos, tendre ? Hannah ne l'a vu qu'une fois, mais elle a gardé l'impression d'un homme brutal, rigide, un homme sans effervescence de cœur. Que cet homme puisse se passionner pour l'art demeure un mystère pour elle.

« Il m'expliquait que les émotions se traduisent par la couleur, mais que la profondeur d'un tableau vient de sa lumière. Que le réalisme n'est pas une copie de la réalité, mais le résultat d'une vision, d'une exploration du monde. Que la naïveté peut être la plus suprême des sagesses. Semaine après semaine, il m'ouvrait les portes d'un monde merveilleux. Sauf que c'était du vent. Certainement pas l'encouragement d'une vocation. Il voulait que son fils fasse du droit, j'ai obéi et je me suis noyé. Jusqu'au jour où j'ai balancé mes cours et transformé mon bureau en atelier. Quand mon père l'a découvert, il m'a jeté dehors. Déclassé, voilà ce que j'étais devenu à ses yeux. Déclassé avant d'être renié. »

Une image vénéneuse foudroie Hannah. Juan avocat. Juan loin de cette cellule. Juan qui n'aurait pas gâché leur vie. La colère roule dans ses veines. Elle se recroqueville au fond de son siège. Autour d'eux, des éclats de voix, des tensions. Elle, elle reste impassible. Si elle laisse ses ressentiments affluer, ils déborderont. Rien ne l'effraie plus que le chaos et les regrets. Juan a besoin d'elle, alors elle écoute et se tait.

– 6 –

Un autre jeudi gris. Le ciel, les murs du parloir, et le visage de Juan.

« Ici, le silence n'existe plus. Au début, j'attendais la nuit avec impatience. M'isoler enfin. Être seul dans ma tête. Mais c'est un leurre. La nuit, personne ne dort vraiment. On piétine dans 9 m^2, on tourne sur soi-même au milieu des vagues de haine et de désespoir. Alors j'ai fini par faire comme les autres. J'ai commencé à regarder la télévision presque toutes les nuits. La tête vidée par les images qui défilent sur l'écran. Un gavage de sons, de musique et d'histoires pour ne surtout pas penser à la mienne. À la nôtre. »

Il baisse les yeux. A du mal à soutenir son regard. Il culpabilise. Se répète que ce devait être la dernière livraison, et qu'elle a mal tourné. Pas de chance. Mais il est trop tard.

« Tu sais comment on appelle la télé, ici ? »

Hannah secoue la tête.

« L'aquarium. »

Ils se sourient.

« Je me concentre sur les couleurs, les acteurs pour ne plus entendre les hurlements, les coups sur les portes. Les têtes qui se fracassent contre les murs, les pleurs qui s'échappent. Toute cette rage qui se déverse soir après soir, c'est assourdissant. Et puis, il y a les nouveaux. Ceux qui viennent de l'extérieur et qui en ont encore l'odeur sur leur peau, le regard pur.

– Comment ça, pur ?

– Pas encore voilé par l'amertume. À chaque nouveau venu dans la cellule, faut s'adapter. Retrouver l'équilibre, à deux, à trois. Le passage de l'extérieur à l'intérieur est tellement brutal… Essayer de rendre l'insupportable viable pour éviter le déferlement de violence. Si tu rêves trop, si tu penses trop à ta vie d'avant, tu craques et tu te tues. »

Elle frémit d'effroi, n'ose pas lui poser la question. Non, jamais Juan ne ferait une chose pareille. Il ne l'abandonnerait pas. Pas complètement. Elle pose sa main sur la sienne, et la serre de toutes ses forces.

– 7 –

Le passage de l'extérieur à l'intérieur est tellement brutal… Hannah repense aux mots de Juan. Elle a envie de lui dire que le cheminement inverse n'est pas facile non plus, mais elle n'en a pas le droit. Quand on est dehors, on ne se plaint pas. Pas envers les détenus. Alors elle se tait, sa mâchoire se crispe. Elle guette ses confidences, les appréhende, les encaisse, et les mots s'ancrent en elle et l'abîment. Elle ferme les yeux, se dit qu'il faudrait penser à autre chose, trouver un dérivatif au chagrin, un exutoire à toute cette eau boueuse.

La soirée des parents de Juan lui revient à l'esprit. Cette soirée qui l'avait rendue si nerveuse. Elle les rencontrait pour la première fois. Juan et elle n'habitaient pas encore ensemble. Ils en étaient aux prémices de leur histoire. Juan avait voulu profiter d'une fête que ses parents organisent chaque année. *Ce sera moins protocolaire.*

Les bougies éclairaient le salon d'une lumière spectrale, la musique était trop forte. Il y avait un monde fou. Partout. Des bruits de verres qui tintent et des femmes aux rires aigus. Des hommes au regard trouble, avec à leurs bras des créatures aux jambes interminables et aux tenues spectaculaires. L'air était électrique et Juan avait disparu. Était-il sur la terrasse ? Près de la baie vitrée entrouverte, elle avait entendu la voix de Carlos : « Charmante, mais sans grand intérêt. »

Hannah s'était approchée. Devant elle, le dos massif du père de Juan. Il était légèrement tourné vers son interlocuteur qu'Hannah ne pouvait voir. Le bruit de la musique couvrait les mots de l'autre, mais ceux de Carlos lui parvenaient distinctement. Des mots coupants comme des éclats de verre. Elle s'était demandé un instant s'il parlait d'elle, elle avait tendu l'oreille en retenant son souffle.

« Je t'avoue que ce n'est pas du tout ce que j'espérais pour lui. »

Un long soupir. Et l'odeur âcre de son cigare.

« Ce garçon n'est qu'une déception. »

Des mots qui s'insinuaient en elle.

« Que veux-tu… »

Nouveau soupir.

« On ne décide plus de rien aujourd'hui. »

De quoi parlait-il ? Et soudain la réponse, nette, tranchante.

« Une musicienne. Juive, en plus… Il nous aura vraiment tout fait ! »

Un éclat de rire mauvais.

Une onde l'avait givrée de la tête aux pieds.

« Au moins elle ne présente pas mal, c'est tout ce qu'on lui demande.

– Carlos ! »

La voix d'Hortense.

« Carlos ! Viens, on t'attend pour le discours. »

En se retournant, le père de Juan s'était retrouvé face à Hannah. Il l'avait fixée un instant, puis avait soufflé la fumée de son cigare sur le côté, rictus aux lèvres.

« J'arrive, ma chérie. »

Il l'avait frôlée, et elle était restée, les bras ballants, tétanisée par les propos qu'il avait tenus sur son fils, indignée par son antisémitisme, humiliée par sa propre absence de réaction. Tout chez cet homme la répugnait, et cet homme était le père de Juan. Quelle était cette famille ? Où était-elle tombée ? *Juive, en plus… Il nous aura vraiment tout fait !* Elle se sentait bafouée. Elle n'aurait pas eu plus mal s'il l'avait giflée. Au moins elle aurait vacillé sous le coup ! Pourquoi cette inertie ? Pourquoi ne lui avait-elle pas balancé sa coupe de champagne au visage ? Ce geste aurait eu du panache. Tout aurait été mieux que son manque de cran, sa stupeur. Elle enrageait en repensant au sourire condescendant de Carlos, à Hortense qui l'avait à peine saluée. Fiche le camp, maintenant, s'était-elle dit. Elle s'était précipitée vers l'entrée pour récupérer son sac et son manteau, mais des acclamations avaient retenu son attention.

– 8 –

En poussant la porte, Hannah est saisie par le silence. Profond, absolu. La lumière décline doucement. Juan est loin, et l'appartement n'est plus qu'une vague preuve de leur vie d'avant. Une mue qu'Hannah traîne derrière elle. Elle perçoit le bruit des voisins dans la cage d'escalier, les portes qui claquent, les voix en sourdine. Combien de fois a-t-elle gravi ces marches en courant ? Fait glisser sa main sur la rampe ? L'image de l'escalier de l'immeuble de ses grands-parents se superpose dans son esprit. Elle s'y revoit, enfant, sauter une marche à chaque dizaine en descendant. Elle comptait pour se rassurer, par superstition, pour obtenir une bonne note, pour que Guitta et Simon ne meurent pas, pas tout de suite. Aujourd'hui, elle se demande si elle devrait reprendre ce rituel pour que Juan revienne.

Trois ans qu'il n'est plus là. Et entre ces murs, le vide qu'elle essaie de dompter. Un lien infime l'empêche de dériver. Quelques rares amis passent encore la voir, mais lorsqu'ils sont présents, l'essentiel lui manque avec plus de violence que jamais. Hannah prononce son prénom dans un souffle. Une syllabe délicate et tendre comme un murmure, comme une note que l'on fredonne.

Depuis quelque temps, elle n'arrête pas de penser à sa grand-mère. À ses recommandations, ses formules. Guitta en avait une pour chaque moment de l'existence, dont le deuil, évidemment.

Si tu oublies de penser à un mort, tu l'enterres définitivement. Enfant, cette phrase l'avait inquiétée, parce qu'elle oubliait parfois de penser à ses parents. Mais quand on a disparu, est-ce qu'on est vraiment mort ? À huit ans, elle sentait qu'il valait mieux ne pas poser la question, et surtout ne plus parler du crash de l'avion. Les morts avaient pris leurs aises, ils étaient partout. Sur les photos, dans les soupirs et les larmes retenues. Même à Tanger, où elle avait rencontré Juan.

La lumière était magnifique. La mer brillait en contrebas. De cette ville, il voulait tout lui montrer. Les coins les plus secrets, les criques désertes, les jardins, les ruelles dérobées de la vieille ville. Elle se revoit traverser les arcades, longer les murs de pierre près de ce corps qui dégageait quelque chose d'insensé, de chaud, et d'encore inconnu. Juan lui avait passé une main sur les fesses en lui murmurant qu'il allait se gaver d'elle, dévorer ses seins, son ventre, la boire jusqu'à plus soif. Il était impérieux, et ça lui plaisait. Elle aimait son indécence, ces mots crus qu'il lui soufflait en pleine rue. Sa main qui se resserrait autour de ses doigts pour l'entraîner chez lui.

Puis il y avait eu ce bruit sourd. Ces prières portées par le vent, et les regards qui s'étaient tendus dans la même direction. Les mots qu'on bredouillait pour conjurer le mauvais sort, et les têtes qui se baissaient. L'air était subitement saturé par un corps enveloppé d'un linceul porté sur une civière à travers la ville. D'épaule en épaule, une émotion brute, intense. Juan avait attiré Hannah contre lui pour la protéger. Une fois le cadavre éloigné, il lui avait férocement baisé les lèvres. Une autre manière de conjurer le sort. Elle ignorait encore à quel point Juan est superstitieux. Au loin, les porteurs psalmodiaient, et Hannah avait senti le désir la submerger. Elle s'était enivrée de cette sensualité fougueuse qu'elle découvrait entre les bras de Juan.

Cette scène macabre la ramène à sa grand-mère. Au masque figé et cireux, creux et usé qui s'était substitué à son visage si vivant.

À la semaine qu'elle avait passée, enfermée chez elle, à fuir les miroirs par crainte de voir cette mine morbide apparaître. Depuis qu'elle avait aperçu le masque de Guitta, elle ne pouvait s'empêcher d'imaginer celui de ses proches, comme ceux des inconnus croisés dans la rue. C'était devenu une obsession. Elle avait eu la même, adolescente, après avoir longuement observé son grand-père allongé dans son cercueil. Elle avait guetté un frisson, un mouvement, un clignement des yeux, un geste. Elle l'avait supplié mentalement de bouger, de ne pas partir, de ne pas la laisser, de ne pas l'abandonner à son tour. Mais le corps était demeuré d'une immobilité de pierre, et elle avait eu peur de cette part inconnue de l'autre qui se révélait à elle, de son étrangeté familière.

Les pieds rivés au sol, les jambes lourdes, un matin, elle avait finalement affronté son reflet. Les yeux cernés, le teint blafard, cette morte-là, c'était elle. Effrayée, elle avait fermé les yeux, et l'odeur avait jailli. Elle avait aussitôt craint que le parfum de Guitta s'estompe, qu'il disparaisse, alors elle était restée, paupières closes, à imaginer sa grand-mère dans la pièce. Elle aurait voulu emprisonner cette fragrance entre ses mains, la retenir pour qu'elle devienne un petit bloc dur qu'elle pourrait respirer au soleil. Que deviennent les morts quand leur odeur s'évapore ?

Plus tard, elle se demanderait si cet instant-là était le point de bascule, celui qui avait donné la tonalité de leur histoire.

Hannah se déshabille et s'asperge du parfum de Juan. Elle se repaît de ses notes de cuivre et de tabac, de cannelle et de bois de cèdre. Et s'allonge, nue, enveloppée de sa fragrance masculine et racée, enlacée par Juan. Le bonheur, quel triste mot.

– 9 –

Hannah se souvient de cette visite à la galerie de Nassim. À Tanger. Juan l'avait guidée à travers les ruelles de la médina, et elle était entrée dans la galerie comme dans un musée. Sur la pointe des pieds pour ne pas troubler l'esprit des lieux. Aux murs, des tableaux d'un noir caverneux. Harponnée, aspirée par leur profondeur, elle avait entonné à mi-voix le deuxième menuet de *L'Arlésienne*. Un réflexe. Ce morceau, elle le chantait jour après jour pour mieux se l'approprier. C'était celui qu'ils répétaient alors. Dans cette obscurité enrobante, elle entendait les crissements des poils du pinceau qui caressaient la toile, elle devinait la fixité de la pupille du peintre et les battements de son cœur. Une étrange émotion l'avait submergée, un profond sentiment de liberté, d'apesanteur, comme si elle venait de trouver un refuge où se cacher d'elle-même.

« Ma peinture soupire dans la pénombre. »

Elle s'était retournée.

« Pardon ?

– Ce n'est pas de moi, c'est de Chagall. J'adore cette formule. »

Elle s'était approchée des toiles sans répondre.

– On dirait du Soulages. Elles sont de qui ? avait-elle demandé en déchiffrant la signature.

– De moi.

– Tanpar, c'est toi ? »

Il avait acquiescé. Hannah s'était instinctivement tournée vers Nassim, qui avait hoché la tête en souriant.

« Tu n'imagines pas à quel point Juan est doué. Personne d'ailleurs ne l'imagine. »

Sur le coup, Hannah n'avait pas prêté attention à ces paroles. Chez Juan, tout la subjuguait. Son charme, son humour, et maintenant son talent.

Aurais-je pu deviner à ce moment-là ? s'interroge-t-elle. Non, c'est quand Nassim nous a invités à la plage que j'aurais dû comprendre.

– 10 –

Combien d'années faut-il pour s'habituer à ce bâtiment gris et aveugle, cerné de barbelés ? À cette recommandation qu'elle avait entendue un jour au centre d'accueil ? *Venez toujours en avance. On peut mettre cinq minutes pour entrer, comme vingt-cinq si ça se passe mal.* Si ça se passe mal ? Mais que pouvait-il mal se passer ? Le surveillant s'était déjà détourné, et elle était restée seule avec sa question sans réponse. Tout comme elle ne cesse de se demander comment elle a pu être aussi aveugle. Ne pas avoir le moindre doute après tous les signes qu'il y avait eus. Tous ces indices semés autour d'elle. Juan n'était pas celui qu'il prétendait, Nassim non plus.

Un claquement. Hannah tressaille. Ici, les grilles délimitent l'espace et l'enfermement prend férocement sens. À chaque visite, elle a l'impression d'une traversée de l'enfer, à chaque échappée, celle de retrouver une sensation étouffée par la routine, la liberté. Mais que vaut cette liberté quand elle n'est plus partagée ?

Le peintre est un menteur. Cette phrase qu'il avait prononcée l'obsède depuis qu'il est en détention. Ils avaient retrouvé Nassim pour prendre un verre. C'était le lendemain de leur première nuit, celle où Juan avait écourté le dîner pour être seul avec elle. De Nassim, elle ne savait presque rien, si ce n'est qu'il était le meilleur ami de Juan, et que Juan voulait qu'elle le rencontre. Mais tu n'en sais pas plus aujourd'hui, constate-t-elle. À l'époque, elle n'avait vu qu'un beau gosse policé, charmant, qui voulait tout savoir d'elle. De ses impressions sur la ville, de son métier, ce quotidien de répétition et d'effort qu'il avait trouvé assez similaire à celui du peintre.

« Et toi ? lui avait-elle demandé.

– Moi ? Je suis psy, guide, coach, j'accompagne les peintres dans leur travail, je m'occupe d'eux. Je suis galeriste.

– Comme un chef d'orchestre, lui avait-elle répondu.

– Plutôt un acrobate ! avait lancé Juan en riant. Nassim jongle avec nos mensonges.

– Vos mensonges ? Quels mensonges ? s'était étonnée Hannah.

– Le peintre est un menteur. Il réinvente la réalité, et derrière le mensonge, il y a encore le mensonge, c'est comme une seconde peau. »

Amusé, Nassim l'avait mise en garde :

« Tu verras, Juan est à moitié ange, à moitié démon. Comme moi. »

On ne succombe pas aux circonstances, songe Hannah. La défaite vient de soi, de cette sensation d'impuissance. J'aurais dû comprendre.

– 11 –

Peut-on façonner son destin ou est-on voué à accomplir ce qui est écrit ? Juan a-t-il hérité de l'inclination maternelle au fatalisme ? Sa mère qui rit de ses superstitions, mais se défend d'un *on ne sait jamais*, sa mère qui voit des liens souterrains entre les événements, qui croit aux présages, aux signes, et qui martèle que l'être humain est trop imparfait pour être livré au hasard, qu'il est entouré de puissances mystérieuses qui le guident ou le font trébucher. Juan a l'impression que son existence se déroule sur une scène qu'il observe, décollé de lui-même. Comme si la réalité était dissimulée derrière un rideau. Mais derrière lequel il en découvre une autre, puis une autre encore. Comme toutes ces heures passées à peindre, à chercher la teinte la plus juste, la plus vibrante. À tourmenter son poignet et son dos pour éprouver chaque fois une nouvelle émotion. Ces forces obscures venues du fond de l'âme, le bouillonnement des passions, la fureur des instincts. Voir surgir ces impulsions, les explorer. La peinture emplit son esprit, l'apaise. Grâce à elle, Juan s'abstrait de la vie.

Sauf qu'ici, il ne peut pas peindre. Ici, il avance désaxé. Les brimades, les insultes, les humiliations, ce trop-plein de colère, d'amertume et d'épuisement psychologique. Une fois par jour, il aperçoit le ciel pendant la promenade, où il tourne en rond dans sa cage, à faire du sport et à régler ses comptes. C'est à devenir dingue.

Alors il ressasse le passé, le suçote comme un bonbon qui fond lentement dans sa bouche. Les souvenirs le fragilisent. Il aimerait devenir aussi dur que le silex, trouver une grotte en lui-même, un abri autre que sa tête, parce qu'elle est saturée d'images et de pensées douloureuses. Comme celle qui lui revient ces derniers jours.

Son père qui entre dans sa chambre, voit les toiles posées au sol, le vieux canapé en cuir avachi sur lequel s'empilent des toiles vierges, les pots de pigments en poudre remplis de pinceaux sur le bureau. La chambre est comme une scène d'accident, un spectacle poisseux auquel Carlos assiste. Dans son dos, Juan retient son souffle, se prépare au déferlement de violence dont Carlos est coutumier. Mais à la place, son père lui annonce d'une voix étrangement calme qu'il n'hébergera pas une journée de plus un parasite sous son toit. Puisque Juan préfère la peinture aux études de droit, qu'il la pratique ailleurs, et Carlos claque la porte derrière lui.

Ce soir-là, Juan attend que ses parents soient couchés pour entrer dans le repaire de son père. Le bureau, en majesté, au milieu de la pièce, sur un tapis persan. *Il a raison, il est temps pour toi de partir.* Juan se laisse tomber dans le fauteuil, sidéré par ce qui est en train de se passer. Il vient de trancher les liens avec son père, de se dissocier de l'arbre généalogique, de refuser la fatalité. Il ne deviendra pas ce qu'on attend de lui, un de ces fils à papa qui abjurent leurs rêves. Parce que certains choix nous font grandir, Juan a soudain l'impression de devenir un homme. De ne plus exister sous le regard désapprobateur de Carlos. Sensation vertigineuse.

« Où vas-tu aller ? lui a demandé sa mère quelques heures plus tôt.

– À Tanger, chez Nassim, a-t-il répondu sans réfléchir.

– Dans le deuxième tiroir du bureau de ton père, tu trouveras de quoi payer ton billet et tenir plusieurs mois. »

Les mots d'Hortense résonnent dans son esprit.

Il pose ses coudes sur le sous-main en autruche, scrute la pièce et se met à jouer au jeu du fantôme, comme il l'appelait enfant. Celui où il se glissait sous la peau d'un autre. Le plus souvent, c'était sous celle de ses proches, s'amusant de ce qu'ils étaient, de leurs défauts ou de leurs fragilités, de leurs fêlures. Parfois, Juan préférait les inconnus pour imaginer leurs vies, leurs pensées. Et là, assis sur le fauteuil en cuir qui crisse sous son poids, il pénètre dans le corps de son père, appréhendant l'espace autour de lui comme Carlos doit le faire, les rayons de livres qui tapissent les murs, les objets hétéroclites posés sur la table en ébène. Une photo de sa mère, riant aux éclats, place Saint-Marc à Venise, un scarabée en lapis-lazulis, une sculpture dogon, un coupe-papier en cuivre à tête de renard que Franco a autrefois offert à son grand-père, et la lampe art déco achetée aux enchères. Ses yeux frôlent ces objets tandis que ses pensées se calent sur celles de Carlos, sur sa soif de grandeur qui impose sa loi aux autres appétits humains, une soif nourrie par l'endurance, l'orgueil ou la démesure. Par la rivalité qu'il entretient avec son propre fils. Rivalité que Juan a compris lorsque Hortense a murmuré, *Il n'a jamais été capable de la justesse de ton tracé, de la finesse de tes traits. Jamais. Mets-lui un crayon ou un pinceau entre les mains, et il devient terriblement maladroit.* Juan sent un puissant courant mêlé d'amour et de haine entre eux. Son père envie sa jeunesse, ses enthousiasmes, sa créativité ; lui étouffe sous son ascendance.

Il jette un coup d'œil aux tiroirs. Les ouvre tous par curiosité. Dans le premier, des factures. Dans le deuxième, des liasses de billets qu'il glisse dans une grande enveloppe, et dans le troisième, plusieurs pochettes cartonnées sans inscriptions, détail surprenant de la part d'un homme à la rigueur maniaque. Juan les sort et son cœur explose dans sa poitrine. Comme embrasé par un alcool trop fort. Les dessins et les tableaux se mettent à danser sous ses yeux. Les siens, ceux qu'il a réalisés plus jeune. Des flots de souvenirs, d'impressions disparates, d'émotions surgissent, et il fait le plus troublant des voyages, celui au cœur de son enfance. Son père a tout gardé, et pas au fond d'une malle dans la cave, non, près de lui. Dans un tiroir de ce bureau où il s'installe tous les jours. Les travaux de son fils à portée de main, de cœur. Juan laisse la vérité le submerger. Son père lui est étranger. Un inconnu qu'il pensait connaître, qu'il a souvent haï. L'image qu'il en a est aussi lisse et froide que du papier glacé. Sa mère sait-elle que son mari garde précieusement les œuvres de son fils ? Il sourit. Hortense n'ignore rien de Carlos, et elle vient d'offrir à son fils de quoi s'affranchir de ce père tout-puissant.

Juan range les feuilles dans leurs pochettes, referme délicatement le tiroir. Il sent les pulsations de son cœur dans ses tempes, dans ses doigts. Il est temps de détricoter ce faisceau de fils qui s'est entortillé autour de lui et le retient chez ses parents. Il est temps de partir et de concrétiser ses propres rêves de grandeur.

– 12 –

Le dos raide, Hannah étire ses bras le plus haut possible. Elle fait papillonner ses doigts gourds, les écarte, les tend, referme les poings pour chasser cette tension qui s'installe trop souvent. Comme chaque matin, elle reprend ses exercices, ses gammes, et s'entraîne jusqu'à user son corps et son esprit. Elle a tapissé ses murs de liège pour étouffer le bruit, et aucun voisin ne s'est jamais plaint. Tant mieux. Elle n'aurait pas arrêté pour autant. Elle est droguée, intoxiquée à cet effort physique, psychique. Une répétition ratée, et c'est l'effondrement. La tourmente ne s'estompe qu'à la séance suivante si celle-ci est réussie. La musique aspire son énergie, son quotidien, ne lui accorde aucun répit. Hannah aime plus que tout ces instants de grâce où, funambule, elle avance en équilibre. Parfois le fil rompt, et la magie se dérobe, bousculant Hannah dans ses certitudes.

Peu d'hommes avant Juan comprenaient ce lien charnel qu'elle a avec sa flûte. Ils lui reprochaient la place qu'occupe la musique dans sa vie, le peu de temps qu'elle leur accordait. Dès leur rencontre, Juan avait été frappé par cette similitude entre eux. Lui aussi connaissait ces exaltations, puis ces déserts de découragement, la fatigue, l'usure des muscles, des tendons, des nerfs, l'impression de ne plus rien parvenir à exprimer, et la fougue qui toujours finit pas émaner des limbes où ils l'ont enfouie.

Hannah joue parce qu'elle n'a pas le choix. Parce que le jour où elle a aperçu pour la première fois le scintillement de l'instrument, sa pureté cristalline, elle a été captivée. Elle avait six ans. Ses parents l'avaient emmenée à un concert. Son père voulait l'initier à la musique classique sans se douter qu'elle deviendrait une vocation pour sa fille. L'enfant fixait la finesse de la tige en argent, son éclat sous les spots. Le soir-même, elle réclamait une flûte traversière. Une condition avait été posée : en jouer jusqu'à ses dix-huit ans. La petite avait immédiatement accepté, ignorant que c'était le plus beau cadeau que ses parents lui feraient. Il leur restait deux années à vivre. Et à huit ans, on ne rompt pas un pacte.

Ce qu'elle avait compris à leur mort, c'est que l'instrument serait son plus fidèle compagnon, celui qui remplirait le vide. La propulserait dans une autre réalité. La ferait voyager dans le temps, les espaces, les sentiments. La rendrait vivante, l'élèverait vers un ailleurs inaccessible aux autres. La musique avait été une révélation. Une soif de beauté, une vibration intérieure qu'elle ne pouvait combler autrement. Plus tard, elle avait senti que jouer en amateur serait une trop lourde concession, qu'elle en souffrirait chaque jour.

Toutes les semaines à présent, une journée lui est dérobée. Elle s'agace souvent de ces interruptions, de ces interminables traversées qu'elle s'impose pour retrouver Juan. Lui ne lui demande rien. *Ne viens que si tu peux. Et si tu ne viens pas, je comprendrai.* C'est faux, elle le sait, il se raccroche à elle parce qu'elle représente leur passé et leur avenir. Et qu'en détention l'avenir se pare d'une superstition mystique. Alors elle ravale sa colère et se présente tous les jeudis au parloir. *Ceux qui sont ici ont déconné. Ils ont délibérément franchi la ligne. Ont transgressé l'ordre moral, la légalité. Si tu viens, c'est que tu supportes la honte. Pas d'apitoiement.* La prison lui a pris ça aussi. Parfois, elle se dit que si elle devait noter tout ce que la maison d'arrêt lui a dérobé, cette liste la tiendrait éveillée toute la nuit.

– 13 –

La solitude, la vraie, avant elle ne la connaissait pas. Ce sentiment d'être exclue, d'être une pestiférée, non plus. Une culpabilité virale. La prison salit tout, l'image de celui qui s'y retrouve comme celle de ses proches. L'accidentel révèle l'homme, ses meilleurs côtés, comme les pires. L'empathie se fissure peu à peu. Après la curiosité du récit d'un quotidien déformé, suit la lassitude. Et l'impossibilité de trouver les mots justes pour décrire l'éviction. Qui a envie d'entendre parler d'une vie derrière les barreaux, des problèmes financiers des détenus et de leurs familles ? Du sordide d'une existence soudain étriquée ? De la gravité des faits qui entrave tout ? Il y a ceux qui annoncent d'emblée, *on ne viendra pas au parloir. C'est trop dur. On attendra la fin de sa peine*. Et la mienne, se demande Hannah, qu'en font-ils ? *Tu comprends, on est en état de choc.* Hannah se fait l'effet d'un voltigeur qui se balance dans le vide en priant pour qu'on lui lance le trapèze à temps. De toute manière, ses émotions, elle ne les partage plus. Elle s'est murée dans sa peine pour ne plus subir la rengaine *Mais tu n'as rien vu ? Rien deviné ? Vraiment ?* Oui, vraiment. Et si elle avait su, aurait-elle dénoncé Juan ? L'aurait-elle jeté dans la fosse aux lions ? Pour qui la prennent-ils ? Le pire, songe-t-elle, c'est lorsque l'on arrive au *prends soin de toi surtout.* Pour que je n'aie pas à le faire, entend-elle.

Quand Juan avait été emprisonné, elle n'en avait informé personne à l'orchestre. Cloisonner sa honte. D'un côté la vie personnelle, de l'autre, la professionnelle. Ce monde dans lequel elle se sentait épargnée, où les regards ne se voilaient pas de compassion, de pitié ou de suspicion. Taire ce bouleversement pour l'atténuer. Mais c'était faux, rien ne l'apaisait. Et Hannah n'avait pas encore mesuré la pesanteur de la logistique. Les déplacements à prévoir, à organiser, qui occupent une journée entière. La mort dans l'âme, elle s'était résignée à se confier à Samuel. Elle avait attendu la fin d'une répétition pour s'approcher du chef d'orchestre. Elle avait attendu d'être seule pour expulser ces mots lourds comme du plomb, *Juan est en prison.*

Samuel l'avait regardée longuement en hochant la tête. Comme ces têtes de chien en plastique qui opinent sur le pare-brise arrière des voitures, s'était dit Hannah. Puis elle avait eu envie de pleurer. Pour la première fois depuis sa mise en détention. Une émotion aussi insaisissable qu'une bille de mercure avait déferlé en elle. Elle s'était focalisée sur sa respiration pour refouler ses larmes. Se concentrer sur les mots d'après. Ceux que Samuel prononcerait et qui donneraient la tonalité à son avenir au sein du groupe. Elle le voyait tourner les phrases dans sa tête pour qu'elles soient justes, parfaites.

« Tu as droit à combien de visites par semaine ? avait-il fini par demander.

– Une.

– Choisis un jour, et n'en reparlons plus.

– Merci. »

L'information avait circulé dans l'équipe, mais personne n'avait osé lui parler. Hannah avait aussitôt redoublé d'efforts pour ne rien lâcher, ne pas donner prise aux critiques éventuelles. Elle avait lutté pour se faire une place, il était hors de question qu'elle la perde.

– 14 –

La soirée des parents de Juan revient dans son esprit comme un boomerang. Une soirée au cérémonial intangible. L'apéritif suivi du discours du maître de maison. Carlos accueilli avec des démonstrations de joie. Elle pressentait que quelque chose de terrible allait arriver. Quelque chose qui pourrait les détruire. Puis elle s'était reproché d'être aussi excessive. En plus de manquer de courage. Une bouffée de rage l'avait submergée au souvenir des propos de Carlos. Plus jamais elle ne se laisserait salir ainsi. Et plus jamais elle ne remettrait les pieds dans cet appartement. Hannah s'était approchée des éclats de voix et l'avait vu, les bras levés, un boxeur entrant sur le ring. Le maître des lieux, l'âme de la soirée, le héros de tous ces inconnus. Qu'avaient-ils donc vécu ensemble pour le vénérer ainsi ? Elle, qui pensait à une petite soirée entre amis dont Juan profitait pour la présenter à ses parents, découvrait que dans cette famille tout était dans la démesure. Un univers dans lequel Juan avait grandi, aux coulisses ténébreuses. Les applaudissements redoublaient. Il n'avait pas encore parlé, mais déjà était acclamé. Il s'éclaircit la voix avant de lancer un tonitruant : « Bonsoir, mes amis ! Merci à tous de nous faire l'honneur de votre présence. »

Quelques sifflets dans l'assemblée, des rires.

« Non, non, je suis sérieux. Vous recevoir est un plaisir doublé d'un immense privilège. Que ce 1er avril soit aussi joyeux, aussi heureux que les précédents. Célébrons, mes amis, notre amitié, célébrons notre bonne fortune. Célébrons le destin et la beauté de la vie. Je lève mon verre à celle qui me supporte depuis des années, qui supporte mes emportements, mes excès, et parfois, je dis bien parfois, ma mauvaise foi. »

De nouveau, des rires.

« Ma douce Hortense, ma tendre épouse. Sans toi, je serais perdu. Derrière ta discrétion légendaire se cache un tempérament de feu, un soutien sans faille. C'est toi qui as eu l'idée, il y a bien des années, de cette soirée en hommage à celui qui a guidé nos familles aux heures les plus sombres de notre histoire. À toi, donc, et pour toujours. »

Des bravos avaient fusé, des vivats avaient retenti. Carlos avait vidé d'un trait sa coupe de champagne avant de la jeter derrière lui. Il y avait un tel raffut qu'on ne l'avait pas entendue se briser.

Hannah, bouche bée devant ce mélange d'outrance et de tragique, d'obscénité et de grandiloquence, elle avait l'impression d'assister à une mauvaise pièce de théâtre. Quelques minutes plus tôt, elle voulait s'échapper de ce huis clos, désormais piquée par la curiosité, elle sentait que la soirée ne faisait que commencer.

– 15 –

Juan a trente-sept ans aujourd'hui. Son premier anniversaire sans Hannah depuis qu'ils sont ensemble. Et pourtant jamais elle n'a été plus présente que ce matin. Il mène un combat contre ses démons, contre les images du passé qu'il n'arrive pas à bâillonner, à museler. Ces images qui se dilatent, s'épaississent. Une marée noire qui ne se dissout pas. Ces images qu'il est incapable de ne pas invoquer. Il a besoin d'elles. De ces traces de sa vie d'avant, de ces sirènes qui l'aspirent, l'entraînent dans une profonde tristesse. Quand il voit Hannah, il joue au type fort, au type capable de tout supporter. A-t-il le choix ? Continuerait-elle à venir s'il la décevait ?

La prison, c'est le lieu des premières fois. Le deuil de leurs cérémonies de l'ordinaire. De leurs rituels. De tout ce qui était précieux et lui semblait acquis. Parfois il se dit que c'est pour cette raison qu'il est enfermé. Pour avoir été trop con, pour ne pas avoir pris la mesure de ce qu'était leur vie, pour avoir tout bousillé.

Et Nassim, où est-il ? Il pense à lui tout le temps. À ce déferlement de violence entre eux, en lui. Jamais il n'aurait imaginé que leur amitié puisse éclater ainsi. Il est obsédé par tout ce que Nassim lui a pris. Quand Nassim a disparu, son ombre s'est glissée sous chacun de ses pas, derrière chacune de ses pensées, chacun de ses rêves. Un fantôme dont il ne parvient à se défaire.

Il a reçu une lettre de sa mère hier. La première depuis qu'il est là. Il lui a fallu quatre mois pour lui écrire qu'elle ne l'a pas oublié, qu'elle l'espère en forme, mais qu'elle est incapable de venir au parloir. Incapable d'entrer en prison. C'est trop dur pour elle, pour Carlos. Juan a froissé la lettre et l'a balancée par terre. Carlos, incapable d'entrer en prison ? Un comble pour un avocat ! Pour pallier ses défaillances, sa mère lui envoie de l'argent. Son père lui avait coupé les vivres quand il avait interrompu ses études de droit, et voilà que son épouse le renfloue maintenant qu'il est derrière les barreaux ! Pour un peu, il en rirait. Ni Carlos le grand avocat ni Hortense n'ont assisté au procès de leur fils. Juan les avait cherchés du regard sans être vraiment surpris. Comment pouvait-il attendre de ses parents qu'ils jouent leur rôle quand lui-même avait refusé de jouer le sien ?

Quand il sortira d'ici, il rompra tout lien avec eux. S'il sort. Sa terreur, c'est de crever en prison comme un chien. Il n'est pas sûr d'être capable de supporter sa peine. Cinq ans ! *C'est quelques mois dans une vie*, lui a dit Hannah. Il faut être dehors pour prononcer une phrase pareille, pour ignorer qu'ici les jours comptent triple. Au moins. Il se demande si ses parents parlent de lui. À quoi pensent-ils lorsqu'ils pensent à lui ? Son père l'a-t-il effacé de leur histoire ? Que répondent-ils lorsqu'on prend de ses nouvelles ? Leur fils est-il devenu un sujet tabou ? Après tout, Carlos ne lui a-t-il pas asséné qu'il n'avait été qu'une déception ?

Juan s'est construit contre son père. Contre cet homme qu'il a tant admiré enfant, dont il a autrefois cherché la fierté, la reconnaissance. Ce père qui l'a initié à l'art, ce père qui lui a tout appris. Ce père avec lequel il s'entendait si bien avant qu'il ne s'oppose à lui. Qu'il ne remette en question ses valeurs, sa vision du monde. Juan le déteste pour ce qu'il est, et l'aime pour ce qu'il a été.

Lui qui se plaint du laxisme de la société, qui regrette l'abolition de la peine de mort, qui est pour la culture de l'exemple, il serait horrifié par les hommes qui m'entourent, ironise Juan. Des dealers, des petites frappes, des assassins. Lui qui est convaincu que seuls les grands hommes font l'histoire, que la loyauté est la première des qualités, lui qui a écouté son propre père lui raconter comment il fallait éradiquer le communisme du pays, les traîtres et tout ce qui ressemblait à un étranger s'étoufferait de rage à l'idée que son fils est devenu une racaille. Ce mot porte tout le mépris des hommes comme lui. Des vaniteux qui se croient supérieurs. Au fond, je ne pouvais faire pire pour le blesser, pense Juan. Il a gaspillé des années à s'opposer aux idées de son père, à le provoquer sans se douter qu'il allait lui gâcher celles qu'il lui reste à vivre. Quant à sa mère, c'est elle qui a toujours géré les finances dans leur vie. La fortune vient de sa famille. C'est elle qui glissait une enveloppe sur son bureau lorsqu'il était adolescent. C'est elle qui lui a indiqué où prendre l'argent quand Carlos l'a mis dehors. Et c'est encore elle qui lui en envoie aujourd'hui. Une manière de juguler ses peurs.

Les blessures cicatrisent. Les peurs, elles, laissent une empreinte indélébile. Toutes ses peurs se superposent. Il est un mille-feuille de trouille. Celle de tout oublier. Leurs rituels avec Hannah, ses gestes dans la salle de bains, sa façon de préparer le thé, l'odeur de sa peau, de ses seins. Celle de ne plus savoir marcher. Ici, on se contente de piétiner, dans les cellules, pendant la promenade. Tout est délimité. Le temps, les mots, les pas. Il a peur de ne plus savoir peindre. Il a des tableaux plein la tête, et des esquisses qui s'accumulent dans les cahiers qu'Hannah lui a apportés. Il classe ses idées, les enferme. Mes dessins sont en cage comme moi, pense-t-il. L'autre nuit, il a rêvé qu'il était dans l'atelier face à une immense toile blanche. Elle était tellement haute qu'il grimpait sur un escabeau, mais plus il essayait d'atteindre la partie supérieure, plus il rapetissait. Et pourtant, il avait le plus beau des tableaux à l'esprit. Un tableau prodigieux. À son réveil, son chef-d'œuvre s'était évaporé.

Mais ma plus grande peur, murmure-t-il, *c'est que tu disparaisses comme mon tableau. Que tu m'oublies. Qu'un jour tu ne viennes plus. Que les gars aient raison. Que tu entames une autre vie, plus heureuse, ailleurs.* Juan sait qu'elle le mérite, qu'après ce qu'il a fait, il devrait s'estimer chanceux qu'elle soit encore là, mais c'est faux. *J'ai peur de mourir seul dans ce trou. De devenir trop con, trop jaloux. Comme les types d'ici.*

Aujourd'hui, il a cent ans, et un horizon bouché. Hannah est un phare dans sa nuit. À part l'espoir de la voir, il ne lui reste rien. Rien d'autre que son amour pour elle. Pèse-t-il assez lourd ?

– 16 –

La tête appuyée contre la vitre du train, Hannah se remémore les mauvais esprits dont lui parlait Simon, son grand-père. *Ceux qui nous attrapent pour ne plus nous lâcher.* C'est l'histoire qui a bercé son enfance. Son grand-père n'avait rien trouvé de mieux pour expliquer le crash d'avion dans lequel ses parents sont morts. Il aurait pu lui parler de problèmes techniques, de moteurs qui subissent un gel de puissance ou de circuits hydrauliques qui se mettent hors service. Il avait préféré l'entourer de lutins retors et effrayants, en lui répétant, *mais toi, ils ne t'ont pas eue, ils ne t'auront jamais, j'y veille.* À quatorze ans, la première idée qui lui a traversé l'esprit quand Guitta a fermé les paupières de Simon, c'est que son grand-père l'abandonnait entre leurs mains noueuses. Et qu'il lui faudrait apprendre à les semer. Hannah était trop grande pour croire à ces bêtises. Mais ces bêtises, c'était le monde de Simon, et elle adorait son grand-père. Alors elle n'a jamais grandi. Jusqu'à ce que Guitta disparaisse à son tour…

La mort nous ramène toujours vers les lieux qui ont le plus compté. Ceux du passé. Celui de ses grands-parents. Tanger, la ville de leur naissance. Ses rues où ils avaient couru enfants, déambulé adolescents, auxquelles ils pensaient avec nostalgie et dont ils parlaient si peu. Tanger est longtemps restée pour Hannah un simple mot. Un mot qui avait grandi avec elle. À Tanger la blanche, aux palmiers griffant le ciel, s'était substituée Tanger la précieuse, la langoureuse. Posée sur son rocher, qui observe la mer. Tanger la sulfureuse, avec ses colonies étrangères, françaises, anglaises et espagnoles. Ses espions et ses putains. Ses souvenirs ressassés de ville internationale, et ses expatriés. Une image d'Épinal teintée de films noirs et de colonialisme. Si loin de la réalité. Tanger, c'était chez eux, et donc un peu chez elle. Son deuil ne se terminerait pas après sept jours de chagrin, mais au cœur de leur ville natale.

En y allant, Hannah avait affronté pour la première fois sa peur de l'avion. Pendant plus de deux mille kilomètres, elle avait défié les dieux. Se rapprocher d'eux, les narguer. Ils pouvaient bien l'attraper comme ils avaient attrapé ses parents. Deux heures et demie de terreur. L'accident, elle l'a tellement imaginé qu'elle a vécu la brutalité des secousses, le bruit de l'explosion, les flammes qui jaillissent dans le ciel et la boule de feu écarlate qui inonde la nuit. La mer qui s'enflamme. L'odeur âcre, elle l'a dans le nez. Elle a vécu chaque seconde de la catastrophe jusqu'à l'écœurement, a éprouvé l'effroi de ses parents pour demeurer encore un peu à leurs côtés. Sa vie n'est qu'une succession de pertes. Après celle de ses parents, celle de Simon, puis celle de Guitta. Aujourd'hui, que lui reste-t-il ? Elle descend du train avec l'impression de s'échouer sur le quai.

– 17 –

Hannah jette un coup d'œil à sa montre. Dans une vingtaine de minutes, elle sera enfin de retour chez elle. Elle supporte de moins en moins ces allers-retours. Ces gares et ces paysages tristes qui défilent sous ses yeux. Les mêmes, chaque semaine. Bercée par les vibrations du train, elle s'échappe.

Elle se promène dans ces ruelles étroites aux virages abrupts, ces couloirs de pierre enchevêtrés. Elle se souvient de ses premiers pas dans la ville. Tanger, le berceau de ses grands-parents, là où elle avait rencontré Juan. Pendant des années, Guitta l'avait abreuvée de sa géographie, de ses venelles alambiquées, de son bazar. Au fil des récits, Hannah avait tissé une ville imaginaire. Moins bruyante, moins oppressante. Elle n'était pas d'ici, non, elle était d'un autre monde. Plus policé, plus lisse. En entrant dans la médina, elle avait été assaillie par des odeurs entêtantes d'épices, par la puanteur du marché au poisson et des fritures sucrées. Elle avait eu un haut-le-cœur devant les carcasses éventrées de poulet suspendues à des crochets. À quelques pas, les paysannes berbères venues des montagnes du Rif pour vendre leurs légumes s'interpellaient. La poussière s'immisçait dans les moindres recoins, les corps se pressaient les uns contre les autres. Ce chaos l'angoissait, elle étouffait. Elle s'était réfugiée dans l'ancienne légation américaine. Le silence, le faste de cette maison mauresque aux balcons ciselés et aux murs en pierre l'avaient apaisée. Elle avait profité du calme, et devant les aquarelles et les costumes militaires s'était mise à chanter dans sa tête l'air de Papageno. L'homme-oiseau de Mozart, le naïf, celui qui manque de courage et d'ambition. Comme elle. Tandis qu'elle sortait, un café avait attiré son attention. Sur la devanture, une plaque abîmée, *Café Central*. Des sièges en plastique jaunis par le soleil et les années.

Installée à l'ombre, à l'écart des autres tables, Hannah avait le sentiment d'être dans un lieu à l'abri du temps. Un lieu où les jours glissent sur nous comme les gouttes d'écume sur une cascade. Quand elle avait lu cette description faite par Truman Capote, elle s'était promis de venir un jour. Devant son thé trop sucré, comme l'aimait sa grand-mère, et un petit pain parsemé de grains de sésame, elle avait peu à peu oublié le brouhaha ambiant. En avalant une gorgée, elle avait eu l'impression d'un mirage. Les motos qui zigzaguaient entre les passants, les marchands ambulants, les cris des enfants. Et partout cette langue qu'elle reconnaissait. Une familiarité inattendue. Et les cafetans des femmes qui déambulaient dans la rue. Guitta portait les mêmes à la maison. Sa grand-mère ne s'habillait *à la française*, comme elle disait, que pour sortir. Elle était alors d'une élégance désuète. Comme tirée d'une photo sépia avec ses robes d'autrefois et ses gants qu'elle enfilait avec une lenteur exaspérante. Hannah avait mis longtemps à comprendre que cette seconde peau la protégeait de la brutalité du monde.

Et moi, songe-t-elle assise dans son train, qu'ai-je trouvé pour ne plus me laisser atteindre ? À chaque visite qu'elle rend à Juan, elle est saisie par la férocité ambiante.

Des rires avaient éclaté dans son dos, et Hannah l'avait immédiatement aperçu. Juan ne ressemblait à aucun autre homme. Pas très grand ni particulièrement beau, mais un regard à se damner. Un regard qui dégage une lumière curieusement teintée de désespérance et de joie de vivre. Elle avait tendu l'oreille vers le groupe dans un geste brusque et son verre s'était renversé. Pestant contre sa maladresse, Hannah avait tenté d'absorber avec une serviette en papier le thé qui s'étalait sur la table et dégoulinait sur les dalles. Un serveur avait surgi, un torchon à la main. Elle s'était aussitôt excusée. *C'est pas grave, madame. Quand un verre se casse, c'est qu'il t'a évité un grand malheur.* Surprise, elle l'avait fixé un instant avant de voir Juan poser un nouveau verre devant elle, et s'asseoir à sa table.

– 18 –

Quand un verre se casse… Les grands malheurs, Hannah en a vécus pas mal. Un crash d'avion dans lequel elle aurait pu être si ses parents n'étaient pas partis en amoureux. Elle avait huit ans. Le cancer de la gorge de son grand-père qui l'avait emporté. Elle en avait quatorze. Et le décès de sa grand-mère. Trente-quatre ans. Les grands malheurs, elle a grandi avec. Tout comme la terreur qu'ils l'atteignent. La prochaine fois, ce sera mon tour. Cette phrase, elle l'a tellement chuchotée qu'elle s'est gravée sur ses lèvres. *Quand un verre se casse, c'est qu'il t'a évité un grand malheur.* Un frisson le long du dos. Un grand malheur ou une prémonition ? À l'époque, elle aurait dû y prêter attention. Une pensée coupable la traverse. Non, cela n'aurait rien changé.

Les ruelles sont étroites et bruyantes. À ses pieds, des poufs en cuir, des tapis, des paniers. Cette agitation lui rappelle son grand-père. *Le silence, c'est la mort*, répétait-il en allumant la radio à la maison ou dans son taxi. Et des années après, quand il ne travaillait plus, il laissait la télévision hurler toute la journée.

Elle se concentre sur ce quartier, ces murs qui l'entourent. Ces familles qui habitent derrière, qu'elle entend, qu'elle devine. Pour toutes ces femmes les dés ont-ils été pipés dès le départ comme ils l'avaient été pour Guitta ? Mariée à un homme qu'on avait choisi pour elle, un homme qu'elle n'aimait pas ? Simon, lui, avait été aussitôt conquis par celle qu'on lui destinait. Mais la mort de leur fille Rachel avait brisé ce fragile équilibre. Comment faire face à un tel chagrin ? Il était plus simple d'en vouloir à l'autre que de blâmer le ciel. En disparaissant, Rachel était devenue leur point d'achoppement. Son fantôme sabotait jour après jour leur entente.

Arrivés en France après leur mariage, ils s'étaient installés dans un quartier populaire. Le reste de la famille avait suivi. La sœur de Simon avec son époux et leurs deux enfants, puis des cousins. Tous s'étaient agglutinés dans l'appartement. Plus d'intimité. *On devait s'entraider, tu comprends ?*, mais la promiscuité était rapidement devenue insupportable. Les matelas qu'on repliait la journée pour avoir un peu de place. Son tour à attendre devant la porte de la salle d'eau. Le bruit, constant. Guitta avait aimé ces moments de vie partagée. Mais pas son mari. Ce dernier avait réussi à louer l'appartement du dessous. *On ne se reniait pas, on s'éloignait d'un étage. Presque rien.* On pouvait continuer à prendre les repas en commun, les enfants passaient d'un salon à l'autre, cavalaient dans la cage d'escalier, pendant que les femmes montaient ou descendaient les plats. Les rires, les cris, les pleurs.

Hannah a été enveloppée dans un mélange de tristesse tendre et de terreur. Terreur qu'elle disparaisse, comme Rachel. Dont la mort avait fissuré le couple. Il ne leur restait qu'Hannah. Hannah qu'ils entouraient d'un amour envahissant, mais d'un amour brisé. Elle a grandi à tâtons. Essayant d'imaginer à quoi ressemble une vraie famille. Des virées mère-fille. Des jeux de ballons sur la plage pendant les vacances. Les dîners où les parents demandaient comment s'était passée la journée. Ce qu'ils soufflaient dans le creux de l'oreille de leurs enfants avant de dormir. Dans sa famille, on ne se parlait pas. Ou si peu. Le mécanisme s'était grippé. Elle redoutait la rentrée, quand le professeur principal tendait les fiches à remplir. Profession des parents ? Fallait-il noter ce qu'ils étaient *avant* ? Où écrit-on l'absence ? Et que faire de tous ces regards alourdis par la pitié dès qu'elle formulait l'insoutenable ? Ou ceux condescendants quand son grand-père venait la chercher ? Trop âgé, trop voûté par les épreuves de la vie. La honte, l'abandon, et ce sentiment de flottement, ce néant sur lequel elle devait prendre appui. Une douleur poisseuse la distinguait tandis qu'elle rêvait de normalité. Cette douleur, elle l'a refoulée au plus profond de son être pour l'affronter chaque jour en souriant, préférant la solitude pour ne plus avoir à expliquer. Trop long, trop compliqué.

– 19 –

Elle l'avait sentie immédiatement. Cette atmosphère particulière. En observant le panneau d'affichage des arrivées et des départs, Hannah songeait que les voyageurs devaient être grisés par cette sensation de liberté. Où partir ? Quand ? Ce moment d'absolu où tout est possible. Même mourir. Elle avait enfoui ce verbe au fond de sa gorge pour qu'il ne ressorte plus jamais. En posant le pied à l'aéroport, elle s'était promis d'être insouciante avant de se faufiler dans la foule sans céder à la petite voix qui l'incitait à revenir sur ses pas. À prendre un taxi pour rentrer chez elle. Pour ne plus l'entendre, elle avait fredonné la danse guerrière de *Daphnis et Chloé* et rassemblé tout son courage. Grâce à Ravel, elle avait réussi à faire enregistrer son bagage et à passer la sécurité. À accomplir tous ces gestes comme si son corps et son esprit étaient sereins, tandis que des idées morbides valsaient dans sa tête.

En bouclant sa ceinture de sécurité, elle avait plissé les paupières de toutes ses forces. Dormir pour ne plus rien sentir. Chasser la terreur qui lui broyait l'estomac. Le cœur au bord des lèvres. Quand l'avion avait décollé, elle n'était plus rien. Une terre gelée, voilà ce que je suis devenue, s'était-elle dit. Gelée, comme eux aujourd'hui. Aride et froide. L'espace d'un instant, son cœur s'était arrêté. Le néant. Puis il s'était mis à palpiter de manière anarchique. Et elle avait commencé à transpirer. Se liquéfier pour disparaître sur la moquette du couloir, fuir cet avion et s'évaporer. Comme eux. Inspire. Expire. Ne pense qu'à l'air que tu respires. Cet air faussement frais. Elle regrettait soudain les départs en vacances dans la voiture. Cette odeur de bagages, de poussière et de renfermé qui, autrefois, lui soulevait le cœur. Elle avait inspiré profondément en se répétant les chiffres lus sur Internet. Trente millions de vols annuels, quelques dizaines d'accidents dénombrés, et pas tous dramatiques. Avec plus de tués sur les routes que dans les airs. Sauf que parfois, quand on vole, on explose. Comme eux. Elle étouffait. Ses mains étaient moites. La peur s'était tapie dans un coin de son esprit. Sournoise, elle ne la lâchait pas.

– 20 –

Balancée par la cadence du train, elle est rattrapée par le souvenir de la soirée avec une intensité nouvelle. Celle des parents de Juan. Celle de l'humiliation cuisante cernée par des hommes en smoking, cigares aux lèvres, débordant de contentement, et des femmes trop souriantes. La musique éclaboussait les murs, les rires étaient trop aigus, les bouchons de champagne sautaient. Et ce discours qui ne ressemblait à aucun autre. Depuis, le brouhaha avait repris, dans un mélange d'espagnol et de français. Hannah cherchait Juan du regard. Soudain, dans l'assistance, un frémissement. Une vibration. Que pouvait-il encore se passer? Fascinée, Hannah avait tourné la tête vers le salon.

Un chant se déployait lentement. Il semblait émaner du plus profond des gorges pour gonfler, s'épaissir dans l'air, le remplir. Des paroles inconnues résonnaient. Les regards hallucinés, les bras droits tendus dans un salut terrifiant. Hannah avait tressailli. *Juive en plus… Juive!* Les mots de Carlos rebondissaient dans sa tête. Elle était subjuguée, incapable de détacher les yeux de cette scène. La ferveur générale s'embrasait, fusionnait dans un même chœur, une même identité politique et nationale. Les invités se réunissaient, la voix vibrante de mélancolie. Elle les dévisageait. Où était Juan? Connaissait-il cet hymne? Éprouvait-il lui aussi cette force mystérieuse qui suintait d'un invité à l'autre? Était-il l'un d'eux? Non, c'était impossible. Hannah les écoutait rugir avec une hargne jubilatoire. Rien ne semblait les exciter tant que ce chant fasciste qui claquait comme des drapeaux dans le vent. Les mots les dépassaient, les transcendaient et touchaient à la gloire, au destin, à la patrie, aux grands symboles dont ces descendants endossaient l'héritage. Hannah n'avait pas besoin de parler leur langue pour en deviner le sens, elle en ressentait le caractère monstrueux. Elle était projetée dans un cauchemar. Ces bras tendus, ces regards fiévreux en rappelaient d'autres. Cette foule compacte allait la dépecer avec sauvagerie, elle était la proie. Où était Juan ? Pourquoi l'avait-il laissée seule au milieu de la horde ? L'inquiétude montait. Il fallait à tout prix qu'elle parte. Au moment où elle se précipitait vers la porte d'entrée, elle entendit un hurlement.

« Ça suffit ! »

Elle se retourna et aperçut Juan jaillir dans le salon.

« Taisez-vous ! » cria-t-il en tirant sur la nappe, emportant dans son geste verres, plats et bouteilles dans un fracas terrible.

Des éclats de cristal et de porcelaine, mêlés aux petits fours salés et au plat de viande dont la sauce dégoulinait sur les tapis. Le rôti, qui n'avait pas encore été découpé, ressemblait à un cœur échoué au milieu de ce champ de ruines. Juan tremblait de colère. Surpris, tous s'étaient tus. Son regard était si acéré qu'Hannah en avait eu le souffle coupé.

« Vous vous prétendez patriotes, tonna-t-il, mais vous n'êtes que des lâches ! Vous vivez par procuration un combat que vous n'avez même pas mené, et vous osez honorer la mémoire d'assassins ! Vous devriez avoir honte. »

Tous les regards étaient braqués sur lui.

« Ce soir, je prie pour les millions d'Espagnols morts par la fureur de vos parents. Qu'ils vous poursuivent, nuit après nuit, que leurs ongles s'enfoncent dans vos cœurs et les fassent pourrir. Allez en enfer ! »

Elle l'écoutait, aimantée par son charisme. Une bouffée de fierté l'envahit. Carlos fixait son fils avec stupéfaction. Hannah comprit que jamais Juan n'avait osé le défier ainsi. Blême, le patriarche se ressaisit et lança d'une voix forte : « Écoutez ce petit con qui nous fait la leçon ! Ce petit con qui oublie qu'il est le petit-fils d'un grand fasciste ! »

Des sourires apparurent sur les visages. Ravi de son effet, Carlos poursuivit :

« Et ce petit con est mon fils.

– Le petit con t'emmerde ! »

Une voix soudain dans l'assemblée lança le slogan « *¡España Una, España Grande, España Libre, Arriba España!* »

Sidérée, Hannah reconnut cette voix. C'était celle d'Hortense.

« Vous me faites honte ! rétorqua Juan.

– On te fait honte, mon garçon ? répéta Carlos en détachant chaque mot. Toi qui as gâché ta vie, qui as gâché tous les espoirs que nous avions placés en toi ! Tu oses nous insulter devant nos amis, et tu parles de honte ? Mais tu n'es qu'une déception. Ne remets plus jamais les pieds dans cette maison ! »

Juan entendit le cri étouffé de sa mère, mais ne se retourna pas. Il était trop tard. Ils étaient allés trop loin. Il ne supportait plus de vivre dans la mémoire d'un passé qui le tourmentait. Il chercha Hannah du regard, accourut vers elle. Elle était livide. Il l'entraîna hors de l'appartement. Sans un mot, ils dévalèrent l'escalier. Hannah se dit que jamais elle n'aurait pu espérer plus belle revanche.

Dehors, adossés à la porte cochère, ils avaient repris leur souffle. La pluie étouffait les sons. Seuls se détachaient les feux de quelques voitures. Il était deux heures du matin. Hannah murmura : « Rentrons chez nous maintenant. »

Juan prit son visage entre ses mains.

« Chez nous ? » répéta-t-il, ému.

Jamais il ne s'était senti aussi heureux et majestueux à la fois. Il l'embrassa avec l'impression d'embrasser le monde et éclata d'un énorme rire. Il avait enfin hurlé son dégoût à la face de ses parents. Pendant des années, il avait subi les interminables monologues de son père qui se vautrait dans ce passé boueux. Pendant des années, il avait tenté de parler avec lui, mais son père était beaucoup trop haineux et borné pour daigner l'écouter. Et là, il avait clamé son exécration devant ses invités. Devant Hannah. Jamais Carlos ne le lui pardonnerait.

Hannah avait hélé un taxi et, en s'asseyant dans la voiture, Juan s'était dit que c'était la plus noble des invitations à vivre ensemble tandis qu'elle se repassait la scène en boucle. On mène tous un combat contre l'oubli, songeait-elle, mais comment de tels individus peuvent-ils encore se réunir pour célébrer l'accession au pouvoir d'un homme qui a massacré tout un peuple ?

« Je ne veux plus respirer l'air qu'ils respirent, murmura-t-elle.

– Je te le promets. »

Il a respecté sa promesse. Elle ne les a plus revus après cette soirée. Elle les a appelés quand Juan a été inculpé. Mais Carlos lui a raccroché au nez. Une fois. Deux fois. Puis c'est Hortense qui a répondu. Elle a écouté. Puis a simplement soufflé, *Carlos ne fera rien pour l'aider.* Mais au moment où Hannah s'apprêtait à raccrocher, elle l'a entendue ajouter, *dites-lui que je l'aime.*

– 21 –

Il y avait eu l'installation de Juan chez Hannah, puis l'achat de leur appartement. Et enfin l'atelier. Juan avait d'emblée repéré ce hangar abandonné dans la cour de leur immeuble, et décidé qu'il en ferait son univers. Son offre avait été acceptée, et après quelques mois de travaux, il avait reconstitué l'atelier qu'il avait avant de la connaître. Des murs blancs, et au sol, des dalles de ciment. Une odeur de térébenthine dans l'air. Ses tableaux contre les murs. Hannah se souvient de la première fois où elle s'est enfoncée au milieu de toutes ces toiles empilées. Ces variantes de noir, comme des couches géologiques d'instants de vie, de fantaisies effilochées où Juan se libérait de ses démons. Un territoire inconnu incroyablement ordonné, propre. Il y fait froid en hiver, trop chaud en été, mais Juan s'en moquait. Il n'avait rien de l'artiste maudit vivant dans la poussière, la saleté et les tubes de peinture éventrés. Il est d'une maniaquerie extrême. Il avait construit un meuble dans lequel il classait ses toiles. Au milieu de la pièce, une table haute face à un vieux canapé en cuir contre le mur. Au fond, une porte fermée à clé. Une porte devant laquelle Juan entassait les toiles vierges, les grands formats.

Pendant des années, Hannah est passée à côté sans la voir. Ignorant que derrière se dissimulait une autre réalité. Mais elle y venait peu, trop occupée à répéter dans l'appartement ou avec l'orchestre.

Le jour où elle avait découvert l'existence de cette porte, elle s'en était approchée.

« Je préfère que tu n'y entres pas, lui avait-il dit d'un ton sec qui ne lui ressemblait pas.

– Pourquoi ?

– Parce que je n'en ai pas envie.

– Qu'est-ce que tu caches là-dedans ?

– Rien de spécial. C'est mon antre, mon bordel, le seul que je m'autorise. J'y stocke des pots de peinture neufs, des pinceaux, des rouleaux de papier kraft. Rien de bien intéressant. »

À sa manière de répondre, Hannah avait senti qu'il mentait. Il en faisait trop. Elle était décidée à ouvrir cette porte. En attendant, elle s'était moquée de lui en le traitant de Barbe-Bleue.

« Un ogre, moi ? »

Il s'était jeté sur elle par surprise, l'avait renversée sur le canapé. Mais les jours qui avaient suivi, elle était revenue à la charge. Plus elle insistait, plus Juan se cadenassait. Cette porte virait à l'obsession.

– 22 –

Un jour, je serai comme eux. Cette phrase, Juan la ressasse depuis qu'il est en prison. C'est Nassim qui l'avait prononcée. Ils avaient quatorze ans. Nassim avait vu tous les films de gangsters. Son préféré : *Il était une fois l'Amérique.* Le pacte d'amitié éternelle, l'aventure, le danger, la trahison, tout lui plaisait. *Ces gars-là, ils risquent tout. C'est la vraie vie, ça*, répétait-il, les yeux brillants. Juan, à l'époque, ça le faisait rire. Nassim avait plein d'idées. Comme celle de l'entraîner aux arènes de Tanger pour le concert des Rita Mitsouko. *T'as des billets ? – Non. – Alors pourquoi on y va ? – Pour arnaquer, pas pour écouter.* Nassim avait fièrement brandi une centaine de photos du groupe. Juan ne comprenait pas. *J'en ai acheté une. Après, j'ai fait des copies couleur. Pas mal, non ?* Médusé, Juan avait vu Nassim les signer. *Tu verras, c'est mieux qu'une planche à billets, ce truc ! Les dirhams vont tomber dans nos poches !*

Quelques heures plus tard, après avoir écoulé toutes leurs fausses photos dédicacées à la sortie du concert, ils avaient pédalé comme des fous jusqu'à la mer. Ils s'étaient laissés tomber sur le sable en riant. Tout s'était déroulé comme prévu. *La prochaine fois, on fera plus gros !* avait lancé Nassim, ravi. *Plus gros comment ?* avait demandé Juan un peu inquiet. *On trouvera !*

Nassim semblait ne jamais douter de lui-même. Il était intrépide, courageux, culotté. Comparé à lui, Juan se trouvait empoté, maladroit, un peu trouillard. Il avait eu peur de voir la police débarquer, alors que Nassim n'y avait même pas pensé. En regardant son ami sortir un paquet de Casa Sports de sa poche et allumer une cigarette, Juan s'était dit que c'était un arnaqueur-né, qu'il ferait de gros coups. Et lui, deviendrait-il un peintre célèbre ? Il en était moins sûr.

Juan se laisse tomber sur son lit. Non seulement il ne l'est pas devenu, mais c'est lui qui s'est retrouvé derrière les barreaux, pas Nassim. Comme dit Milo, son compagnon de cellule, *C'est les plus cons qui sont ici, les autres, ils se sont pas fait piquer.*

Un jour, je serai comme eux. Il avait raison, songe Juan. Nassim est un véritable escroc, comme D. B. Cooper, son modèle. Il lui a tellement raconté cette histoire que Juan la connaît par cœur. *Le type monte dans l'avion. Il a à peine décollé de Portland qu'il glisse une note dans la main de l'hôtesse indiquant qu'il a une bombe dans sa mallette. Le FBI dit aux pilotes de coopérer. Arrivé à Seattle, Cooper relâche tous les passagers qui se sont rendu compte de rien, en échange de 200 000 dollars et de quatre parachutes. Officiellement pour les pilotes, l'hôtesse et lui-même. Comme ça, il sait qu'ils ne sont pas piégés. Ensuite, direction le Mexique, et quelque part entre Seattle et San Reno, le type saute de l'arrière de l'avion. Non mais tu imagines ? Le type, il se balance dans le vide en pleine nuit sous une pluie battante, en imperméable et en mocassins ! On l'a jamais retrouvé. Cooper s'est évanoui dans la nature. Pfft, comme ça. Avec tout le fric. C'est un truc de malade !* Juan a longtemps cru que ce qui impressionnait Nassim dans ce fait divers, c'était que Cooper avait réalisé le détournement le plus discret de l'histoire sans user de la moindre violence, mais il avait tort. Ce qui passionnait Nassim, c'était sa disparition. Qu'on puisse effacer ses propres traces et demeurer introuvable. Juan, lui, ne rêvait que de laisser une empreinte derrière lui. *Tu as atteint ton objectif,* murmure

Juan. *Tu es devenu un escroc sans foi ni loi, un escroc qui ne respecte rien, pas même l'amitié.* Juan sait que c'est lui qui l'a dénoncé avant de se faire la malle avec le butin.

– 23 –

Hannah a mal. Dans les moindres plis de sa peau, la douleur s'est incrustée, comme des sédiments de crasse. Une simple déviation de trajectoire, et cette impression de vivre la vie d'une autre. De lui avoir dérobé des heures de malheur. Elle ouvre le casier et récupère son téléphone, le glisse dans son sac. Sa tête est remplie de brume. Sous ses paupières, une constellation de points lumineux. La pièce danse autour d'elle. Quand elle quitte Juan, elle craint les ombres affolées et le silence.

Elle se retourne sur cette cité cernée de barbelés avant de se diriger vers l'arrêt du bus. Elle presse le pas pour faire taire le claquement des grilles qui se sont refermées derrière elle. Le malheur plante ses crocs dans sa chair. Les mots de Juan, coupants comme du verre brisé. Ces confidences qui brûlent les lèvres si on ne les balance pas au visage de l'autre. Elle pense à leur vie d'avant. Dehors. Jamais elle n'aurait imaginé le poids de ce mot. Sésame d'un bonheur perdu. Elle sent le souffle du vent et plonge le nez dans son écharpe. Juan parvient-il parfois à s'abstraire du réel, à réinventer son monde comme il le faisait en peignant ? À s'échapper de ces murs opaques en songeant à ses prochaines toiles ? Elle l'entend encore lui confier que ce qui est tellement beau dans l'art, c'est le pont que l'artiste tend à celui qui sait écouter le murmure des tableaux. La colère la rattrape. Juan a tout gâché. Tout est de sa faute. Ils avaient une belle vie. Il aurait dû en finir depuis longtemps avec ces livraisons. Il aurait dû s'opposer à Nassim. De l'autre, on croit tout savoir jusqu'au jour où les masques tombent. Comme les avions dans le ciel.

– 24 –

Comment reconnaître ce que l'on ne connaît pas ? En venant à Tanger, c'était la trace des siens qu'Hannah avait cherchée. Elle ne l'avait pas trouvée, mais elle avait rencontré Juan. *Tanger, c'est chez moi*, lui avait-il dit. Cette ville, il l'aimait plus que la France où il avait fait ses études, plus que l'Espagne où il avait grandi. *À l'époque, on n'avait que la mer à traverser pour venir.* Le détroit de Gibraltar. *Et puis Tanger, c'est Nassim.* Les parents de Juan louaient une maison l'été à la Vieille Montagne. Le quartier chic de la ville. Celui de grosses maisons perdues au milieu d'immenses jardins. La famille de Nassim habitait celle d'à côté. *Son père possédait plusieurs usines, il passait la semaine à Casablanca et ne revenait que le week-end. Sa mère lui laissait une grande liberté. Comme la mienne. Tanger est rapidement devenue le lieu de nos premières expériences. Les boîtes de nuit, la drogue, les filles.* Mais ce que Juan aimait plus que tout, c'était leur amitié virile, loyale. Fêtards, aventuriers, tous les excès, ils les ont faits ensemble. *Nassim, parce qu'il était livré à lui-même et côtoyait les fils de riches comme les voyous du port. Moi, pour faire suer mon père.* Au fil des années, Nassim est devenu un presque frère, un double. *Et sa famille, ma famille d'adoption. Ils m'ont recueilli quand mon père m'a foutu dehors.*

Viens, je vais te montrer. Ensemble, ils avaient arpenté les ruelles de la médina, puis le chemin s'était fait plus escarpé et elle avait eu l'impression de grimper sur les hauteurs de la ville. Ils s'étaient retrouvés sur une place. Derrière, les remparts et ses murs crénelés de blanc. En face, Gibraltar et sa brise marine. Juan lui avait attrapé la main et l'avait entraînée le long de l'enceinte fortifiée. Peu à peu, la ville s'était transformée. Passée la porte de la kasbah, l'agitation soudaine de la rue, des voitures, des motos, des arbres bordant les rues et cachant les maisons. Tout à coup, sous leurs pieds, des morceaux de pierres disjointes, et devant eux, l'océan qui s'étalait, la lumière crue, les vagues qui jouaient avec le soleil. Au loin, les rives espagnoles. Un spectacle à couper le souffle. Hannah s'était approchée du bord de la falaise. La mer en contrebas et le vide qui aspire.

On dit que le saint de Tanger envoûte le voyageur pour ne plus le laisser repartir. Sa voix était grave. Hannah avait été frappée par le regard de Juan. Des yeux d'une douceur saisissante. Avec une pointe de désespérance. *On dit aussi que c'est une ville faite de mirages. Qu'on vient y traquer des souvenirs qui n'ont pas eu lieu.*

– 25 –

Tu es protégée, ma fille. On veille sur toi, mais ne porte pas ce collier. Le train prend de la vitesse, et ce que lui avait dit une vieille femme dans le souk résonne dans son esprit. Est-elle réellement protégée ? Hannah est sur le qui-vive, comme avant chaque parloir. Elle vérifie sa montre, peste contre ces minutes qui se déploient alors qu'elle aimerait tant les rétrécir. Un groupe de jeunes entre dans le wagon. Ils s'interpellent, allument des pétards et crachent leur fumée sur les autres passagers. Personne ne répond à la provocation. Hannah tourne la tête vers la vitre et se réfugie dans le passé. Les souvenirs, c'est comme les rêves, on peut s'y lover et le reste n'existe plus.

La vieille femme du bazar s'était brusquement arrêtée devant eux, les yeux rivés sur le collier d'Hannah. Une chaîne en argent massif tressée de gouttelettes d'agate. L'inconnue l'avait effleurée de ses ongles striés par les années en émettant un étrange claquement de langue, et Hannah avait reculée imperceptiblement.

C'est un bijou ancien. Un bijou kabyle. Il a appartenu à beaucoup de femmes avant toi. Nouveau claquement de langue. *Toutes ont été malheureuses.* Hannah avait resserré ses doigts sur son collier. Avant de voir la vieille femme lui frôler la joue de sa main noueuse et lui annoncer qu'elle était protégée. Sa prédiction annoncée, elle avait tourné les talons, son cafetan balayant le sol. Juan avait blêmi, mais n'avait rien dit. Hannah, qui voyait des signes partout, avait choisi d'ignorer celui-ci. Le collier lui plaisait et elle comptait bien le garder. Tout est écrit. Vraiment ?

Juan et elle se connaissaient depuis quelques jours. C'est lui qui avait remarqué le collier dans la vitrine. L'endroit ressemblait à un petit palais au cœur du souk. Aux murs, de vieux tapis, des fusils à longue crosse ouvragée, des lanternes et, dans la vitrine, des objets précieux, des bijoux. Les larmes bleutées qui pendaient avaient attiré son attention. Après les avoir salués avec une courtoisie raffinée, le marchand leur avait offert un verre de thé, puis fait visiter les lieux. Chaque meuble, chaque objet avait son histoire. Hannah et Juan avaient écouté ses récits chamarrés pour touristes d'une oreille distraite. Tout à coup, le marchand avait sorti le bijou de sa poche et l'avait accroché autour du cou d'Hannah.

En argent massif et avec des pierres d'agate. Tu connais ? Gênée par le tutoiement d'usage, Hannah avait secoué la tête. Il avait poursuivi avec son accent indéfinissable qui allongeait les syllabes, donnant à chaque mot une grâce molle. *C'est une pierre qui porte chance et qui stabilise l'énergie du corps. L'équilibre émotionnel aussi.* Juan avait aussitôt tenu à le lui offrir.

– 26 –

Les mains tendues au-dessus de son pupitre, le chef va donner le signal. Samuel lève sa baguette, et d'un geste impérieux fixe le tempo. Hannah attend son tour. Un coup d'œil de la part de Samuel, et ses doigts courent sur les touches, son dos se penche, se redresse. Face à elle, la main du chef d'orchestre monte, descend, bat la mesure comme la tige du métronome. Brusquement, il s'interrompt.

« C'est pas possible d'avoir une bande de bras cassés pareils ! aboie-t-il. Concentrez-vous, bon sang ! »

Hannah se fige. Elle déteste plus que tout ces élans ratés. L'impression de passer à côté de l'essentiel. Et ne supporte pas les emportements du chef d'orchestre.

« On reprend à la troisième mesure. »

Avec une régularité absolue, l'homme-machine répète ses gestes, mais l'unité est rompue.

« Vous êtes nuls ! hurle Samuel. Vous vous croyez à l'armée ou quoi ? »

Les visages des musiciens se crispent.

« C'est quoi ce martèlement ? Je veux un suave lyrique, du velours, de la dentelle. Je veux de l'amour. De la sensualité. Faites-moi vibrer ! »

Marco jette un coup d'œil à Hannah avant de replacer son violon sous sa joue. Et, avec une douceur inattendue, le chef effleure l'air de sa baguette. Hannah prend une profonde inspiration. Dans quelques secondes, ce sera à elle. Les yeux rivés sur sa partition, elle pense à Samuel, à sa gestuelle qui fait ressortir les ombres et la lumière de l'œuvre. Par le magnifique rayonnement de sa conviction, il distille en elle les émotions qu'il attend, il ordonne le chaos de sa vie intérieure. Par l'expression juste, il fait naître en eux des facultés insoupçonnées de sentir, d'imaginer. Comme un dieu souverain, il règne sur leur univers.

« C'est un grand malade! explose Marco en sortant de la répétition. Je le supporte plus. »

Hannah ne répond rien. Les autres musiciens les ont regardés partir ensemble. Elle devine la rumeur. Se demande combien de temps celle-ci va mettre pour faire le tour de l'orchestre. Marco est un collectionneur. Contrairement à ce qu'il prétend, ce ne sont pas les femmes qu'il aime, mais le jeu, la séduction. Ferrer la proie, la dévorer en désirant déjà la suivante. Plusieurs musiciennes sont passées dans son lit. Quatre d'entre elles, calcule Hannah. Sylvie, Isabelle, Claire et Julia.

« Tu m'écoutes pas, dit-il en passant le revers de sa main sur la joue d'Hannah, qui se raidit imperceptiblement.

– Mais si, je t'écoute », répond-elle en chassant sa main.

Elle n'a pas la même vision du chef d'orchestre. Depuis qu'elle a avoué à Samuel la détention de Juan, un lien particulier s'est tissé entre eux. Une complicité secrète. Et s'il est brusque, parfois cruel, il fait émaner d'eux une alchimie qui l'émerveille. À ses yeux, il est plus qu'un chef, il est celui qui insuffle sa couleur à la partition.

« Ce type est un tyran, renchérit Marco. Il a des musiciens extra et ne le voit même pas. Quel con!

– C'est vrai qu'il peut être dur, mais on a besoin de lui. Il est le seul à avoir la partition complète. Sans lui, on…

– Tu plaisantes ? la coupe-t-il. Personne n'a besoin de lui pour exprimer ce qui est noté sur une partition. Faut pas exagérer ! »

Marco ne supporte pas qu'elle prenne sa défense. Il perçoit ce sentiment trouble que Samuel déclenche en elle, et qu'elle a du mal à s'expliquer.

« Assez parlé de lui ! »

Marco lui attrape la main.

« Toi et moi, on est faits pour être ensemble. Je le sais. Tu le sais aussi. Laisse-nous une chance. »

Hors de question d'être la cinquième, songe-t-elle.

« C'est ça. Comme Sylvie, Julia, Isabelle et les autres… »

Il sourit. Hannah ne peut s'empêcher de lui trouver une beauté animale avec son nez busqué et ses prunelles noires comme du cirage.

« Tu leur as fait le même numéro ou tu t'adaptes selon le profil de la fille ? ironise-t-elle avec un sourire moqueur.

– Le début est le même, j'avoue. Mais avec toi, c'est différent.

– Tiens donc…

– J'ai un secret à te dire. Tu saurais le garder ? »

Hannah sourit franchement. Il l'amuse. Marco est tellement sûr d'être irrésistible qu'il le devient.

« J'ai très envie d'aller à l'hôtel avec toi. »

Sa franchise la désarçonne. Quelque chose en lui la déstabilise.

« Parce qu'avec les autres tu tricotais ? »

Le regard de Marco s'arrime au sien.

« Aucune citadelle n'est imprenable.

– Attends et tu verras bien. »

Il prend son visage entre ses mains. Pose une main sur sa hanche. Elle sent la chaleur de ses doigts, éprouve cruellement l'absence physique depuis trois ans. Juan ne le saurait pas. Elle craint la fugacité du plaisir et la frontière des peaux.

« Rentre avec moi. »

La tentation d'une nuit, le temps de se sentir vivante à nouveau. Elle pense à son cœur troué. Elle pense à Juan, à son corps qui l'aimante, à son charme magnétique. À sa présence brûlante. À ce vide qu'il a laissé depuis qu'il est là-bas. Ce vide qui désormais n'est rempli que par la musique. Elle pense aux sons, aux vibrations qui n'existent que dans l'oreille des musiciens, elle pense à toutes ces impulsions invisibles du public, à cette électricité que Samuel provoque en indiquant les temps de la mesure, les *forte* ou les *piano*, à l'orchestre qui obéit aussitôt. À cette joie de vivre qui éclate, aux somptueuses ou effrayantes tempêtes qu'il déclenche. Il est celui qui leur fait effleurer leur vérité secrète.

Marco approche son visage du sien. Coucher avec lui serait perdre sa dignité, elle en est persuadée. Se réduire à un nom ajouté sur une liste. Avec un commentaire en marge. Hannah se dégage brusquement.

« À demain », dit-elle avant de s'éloigner.

– 27 –

Tous ces inconnus autour d'elle. À quoi ressemblent leurs vies ? Si Juan était à ses côtés, ils imagineraient des dizaines d'histoires. Leur façonneraient un passé et un avenir. Leur offriraient ce qu'ils s'interdisent peut-être. Des récits comme des bulles de savon que l'on perce avec jubilation. Ou que l'on éloigne d'un souffle. Et moi, songe Hannah, qui invente la mienne, d'histoire ? Une première secousse la surprend. Personne ne semble l'avoir sentie. Elle repose son verre sur la tablette. Le bourdonnement lui fait mal à la tête. Le cœur des autres bat avec sérénité tandis que le sien grésille et s'enraille, ses pulsations sont asymétriques. Elle pousse un profond soupir pour l'apaiser et croise son reflet dans le hublot. Deuxième secousse. Son verre se renverse et Hannah s'agrippe fermement à son sac. Ses mains sont froides comme du plomb. Il faut qu'elle sorte de là. Elle se précipite vers la porte. Verrouillée. Tout à coup, elle se rend compte que c'est celle de l'atelier. Celle qu'elle n'a pas le droit d'ouvrir. Elle donne un coup d'épaule, la porte cède. Soudain, l'explosion. La violence de l'impact la projette dans le vide. Son corps n'a plus de consistance, sa peau se craquelle, ses muscles se dilatent, ses ongles fondent. Elle voltige autour d'une boule de feu. Aspirée dans les airs, terrassée, vaincue.

Elle se réveille, le corps moite. Elle n'aurait jamais dû ouvrir cette porte. Mais au fond, ça n'aurait rien changé. Cela faisait trop longtemps que Juan et Nassim prenaient tous les risques. Au loin, des bruits de voiture. Le jour n'est pas encore levé. Elle referme les yeux pour chasser les démons de la nuit. Elle invoque l'image de ses grands-parents, se réfugie dans le souffle rafraîchissant et délicat de l'enfance. De toutes ces années passées dans leur ombre rassurante.

Quand Hannah ouvre à nouveau les yeux, elle est recroquevillée en position fœtale et a mal partout. Il lui faut un moment pour reprendre ses esprits. Elle se redresse. Sur le fauteuil, son pull. Sur le parquet, des taches de lumière.

Son cauchemar lui revient, et avec lui cette sensation vertigineuse d'être condamnée à vivre dans le passé. Condamnée à ne jamais émerger de ce Boeing. Voilà son destin. Traquer les visages des absents dans ceux des passants qu'elle croise. Ceux de ses parents avec leurs visages d'autrefois. Ceux qui se sont gravés dans sa mémoire, ceux qu'elle retrouve sur les photos. Comment faire son deuil quand les cercueils sont vides ? Comment chasser une odeur que l'on n'a jamais sentie, une odeur qui empeste dans ses narines, celle des chairs carbonisées ?

– 28 –

Derrière la vitre du train, des immeubles semblables et anonymes, des arrière-cours de maison avec des ballons dégonflés et des grilles de barbecue recouvertes de housses salies par la pluie. Et pas une âme qui vive. Elle compte les arrêts, les noms des villes et les minutes. Chaque jeudi, le même trajet, interminable. Elle a l'impression de danser avec le diable. *Même lui a besoin d'un compagnon*, lui répétait son grand-père. Le train freine. Elle descend et emprunte les couloirs de la gare. Au loin, elle aperçoit le bus. Accélère le pas. Le prochain est dans vingt minutes, si elle loupe celui-ci, elle va rater l'heure du parloir. Le chauffeur l'a vue courir et l'a attendue. Soulagée, elle s'engouffre à l'intérieur, valide son billet et s'installe à l'arrière. La dernière ligne droite du voyage, et Juan au bout du chemin.

La première fois qu'elle est montée dans ce bus, elle n'a pas tout de suite remarqué. Non, il a fallu plusieurs arrêts avant de sentir l'atmosphère se tendre et les visages se fermer. Au fil des kilomètres, les regards se perdaient au-delà des barres d'immeubles. Une amertume épaisse, tangible. Des échos de vies percutées. Des douleurs qui, jour après jour, se rappellent à nous, et nous brûlent. Une épreuve qui ne se partage pas. Des récits enténébrés que personne ne souhaite entendre. Alors on reste assis, le nez collé à la vitre, et on se prépare pour ce rendez-vous qui pèse sur le quotidien et sur le cœur, mais que l'on ne peut manquer parce qu'il y a l'autre qui attend, qui espère. *On oublie les passions et l'on oublie les voix, qui vous disaient tout bas les mots des pauvres gens, ne rentre pas trop tard, et surtout ne prends pas froid.* Ces mots de Léo Ferré l'accompagnent, semaine après semaine, au long de ce trajet de la désolation. *Avec le temps, avec le temps va, tout s'en va.* Les arrêts annoncent enfin les quartiers de détention. Celui des mineurs, des femmes, des hommes. Et emportent les passagers vers un face-à-face amer. *Et l'on se sent floué par les années perdues, alors vraiment, avec le temps, on n'aime plus.* Dans les têtes, les mêmes mots, les mêmes images. Cours de promenade, couloirs étroits, parloirs exigus, cellules trop petites. Et cette phrase de Juan en écho, *Oublie ce que tu as appris à l'extérieur, ici, ça ne te sert à rien.*

– 29 –

Il pleut quand elle entre au centre d'accueil. Le découragement flotte dans l'air, et un mélange écœurant de parfums trop sucrés et de fausse familiarité dont les femmes font preuve. Hannah s'agace à l'avance des questions qu'elles se posent les unes les autres sur la santé, le moral de *leurs hommes.* De ces invariables discussions sur l'état de leurs finances. *Ici, tu comptes ni ton temps ni ton argent.* La plupart se saignent aux quatre veines pour donner de l'argent à leur conjoint, à leur fils. *Trois cent cinquante euros, tu te rends compte ! Pour payer son frigo, sa télé, son tabac et qu'il puisse manger correctement.* Mais combien d'entre elles peuvent apporter une telle somme ? Toutes évoquent le loyer, la cantine, les vêtements des enfants, les aléas de la vie. Et puis il y a celles qui ont abandonné leur travail pour se rapprocher de leur détenu. Celles aux yeux délavés et embrumés qui rient trop fort pour ne pas pleurer. Toutes racontent une même misère qu'Hannah refuse de partager. Elle ne leur ressemble pas. Juan n'est pas comme les détenus dont elles parlent. Ils ne sont pas du même monde, n'ont pas les mêmes soucis. Juan n'est ni un *cacheton*, comme on surnomme ici les toxicomanes, ni une *grotte*, ceux qui passent 24 heures sur 24 dans leur cellule. Ce vocabulaire la hérisse. Hannah sait qu'on surnomme les pédophiles les *pédo*, les violeurs les *pointeurs*, et que les détenus craignent plus que tout les *moulons*, ces lynchages pour une dette de shit ou une paire de baskets convoitée. Les femmes, elles, appréhendent qu'ils servent de *boîte aux lettres* et se fassent piquer pour ces objets interdits qu'ils cachent dans leur cellule pour d'autres. Tout la gêne. Ces leggings moulants et ces pulls qui boulochent. Ces teintes criardes, parce que *mon homme, ça lui fait du bien toutes ces couleurs au milieu de ces murs gris.* Hannah balaie une poussière imaginaire sur son jean noir. Leur trivialité, ce mélange de défaut de manière, de langage, cette outrance assumée. Pas un instant elle ne songe que sa détresse, ses peurs sont les leurs. Qu'en prônant la beauté, le raffinement et l'élégance, elle en oublie l'essentiel. La solidarité, la bienveillance et l'empathie.

« Vous n'avez pas un sac zippé ? »

Hannah lève machinalement la tête vers la femme affolée qui vient d'apprendre qu'elle n'a pas le sac règlementaire. Celui qui permet d'apporter les vêtements de rechange de son conjoint. Ce n'est pas sorcier de s'informer ! peste Hannah intérieurement. Elle aussi, pourtant, a commis cette erreur, comme toutes ici.

« Il y a une épicerie pas loin, vous en trouverez là-bas. »

La femme s'y précipite. Toutes ont vécu ce moment d'inquiétude. Le sac que l'on transporte pour rien. Ou le parloir fantôme que l'on rate pour un retard de quelques minutes.

« La semaine dernière, raconte une autre, mon mari, il a attendu quarante-cinq minutes sans savoir pourquoi j'étais pas là. Ça l'a rendu fou. Tout ça parce que le train avait du retard.

– Pas de confiance, que de la défiance, renchérit une jeune femme. Ici, tout le monde surveille tout le monde, les surveillants comme les détenus. »

Un peu plus loin, une autre s'insurge.

« Gamelle, cage, promenade, on croirait qu'on parle d'un chien ! D'ailleurs, le mien, il a l'impression de dormir dans une niche, tellement c'est petit.

– Moi, ce qui me fiche le plus la trouille, avoue une femme plus âgée, c'est quand le téléphone sonne. J'ai tellement peur de ce qu'on risque de m'annoncer. Mon fils, c'est tout ce qu'il me reste. »

Triste banalité de l'homme.

« De toute manière, ici, tout sonne. La ceinture, les chaussures, les lunettes, l'agrafe de soutif, la montre. Faudrait venir à poil ! »

Hannah sort son livre. Si elle pouvait se boucher les oreilles, elle le ferait. Juan est différent de tous ces détenus. Bien qu'il évoque lui aussi la tension permanente, l'asphyxie qui le saisit régulièrement, l'odeur aigre et fétide de moisi, de sueur, de crasse et de nourriture. Soudain, une femme la reconnaît et la salue. Hannah feint de ne pas la voir.

« Regarde l'autre bourgeoise qui se croit tellement mieux. Pauvre conne !

– N'empêche, elle est dans la merde. Comme nous. »

– 30 –

Juan n'arrête pas de penser à la souris de Nassim. Celle qu'il lui avait confiée le temps d'un voyage avec ses parents à Tétouan. Ils avaient six ans. Nassim y était tellement attaché qu'il avait refusé de la laisser à la femme de ménage. Il tenait à ce que Juan s'en occupe. Hortense avait accepté en renâclant, à condition que l'animal ne sorte pas de la chambre de Juan, qu'elle ne le voie pas, pas plus que Carlos. *Ton père exècre les rongeurs.* Juan avait installé la cage entre son lit et le mur. À l'abri. Il rêvait de caresser cette petite boule de poils, ses petites oreilles si douces, de sentir son cœur battre sous ses doigts. Il aimait voir frémir ses moustaches. Toute la journée, il l'avait observée. Elle n'avait qu'une obsession, trouver une issue entre les barreaux. C'était à devenir fou de la voir faire le tour sans jamais s'arrêter. *Tu es triste de ne pas être avec ton maître*, lui avait-il chuchoté avant d'ouvrir la trappe. *Viens.* Il avait tendu la main vers l'animal, qui s'était aussitôt échappé. Un peu chagrin, il s'était dit qu'après tout il lui offrait une petite promenade et qu'il en profiterait pour lui faire un câlin avant de la remettre dans sa cage. Sauf qu'elle s'était faufilée sous une plinthe et n'était jamais réapparue. Juan avait eu envie de pleurer. Où était-elle passée ? Pourquoi refusait-elle de revenir ? Il l'avait cherchée partout. En vain. Il avait appelé sa mère qui l'avait aidé. Mais la souris restait introuvable. Qu'allait-il dire à Nassim ?

En fin d'après-midi, quand son père était rentré de sa séance de sport, ils l'avaient entendu jurer. Juan et sa mère s'étaient précipités dans son bureau. Juan revoit Carlos projetant de toutes ses forces la petite bête avec sa raquette de tennis dans un bruit sourd, la souris tombant au sol, le petit corps éclaté. Juan avait hurlé. Sa mère l'avait pris dans ses bras, mais c'était trop tard. Son père s'était moqué de sa *sensiblerie*. C'était son reproche permanent. Qu'avait-il fait pour mériter un fils aussi mou ? *Comment peux-tu t'attacher à une bestiole pareille ? Apprends à choisir mieux, Juan.*

Juan lui en avait longtemps voulu de cette épouvantable mise à mort. Carlos avait demandé à la femme de ménage de nettoyer. Et Juan était resté planté à la regarder faire, pétrifié de tristesse et de honte. Nassim lui avait confié son animal et c'était à cause de lui qu'il s'était fait tuer… Qu'allait-il lui dire ? Nassim serait malheureux par sa faute. *On va lui trouver la même*, avait dit Hortense. Et devant l'air accablé du garçon, elle lui avait pris le menton entre ses doigts, et avait murmuré, *Parfois, il vaut mieux mentir pour faire moins mal à ceux qu'on aime.* Juan avait été soulagé que toutes les souris vendues au souk soient différentes. Sa mère avait fini par en acheter une, et avait prétendu que l'autre s'était échappée. Elle rajoutait des détails, simulait un désarroi qu'elle ne ressentait pas, et Juan l'écoutait débiter ces mensonges sans rien dire, tête baissée. Pour ne pas voir Nassim, qui pleurait. Nassim qui lui avait lancé un regard noir avant d'asséner qu'il ne lui confierait plus jamais rien puisque Juan était incapable d'en prendre soin. Heureusement, c'était la fin des vacances, et Juan était soulagé de rentrer en Espagne. C'était la première fois qu'il avait eu ce sentiment en quittant Tanger. Aux vacances suivantes, ni Juan ni Nassim n'avait évoqué l'incident. Juan s'était toujours demandé si son ami l'avait oublié ou s'il sentait qu'il valait mieux ne plus en parler. Cette souris, songe Juan, c'est moi.

– 31 –

Hannah sourit en entrant dans la salle de répétition. Comme d'habitude, elle s'est levée tôt pour s'entraîner, et aujourd'hui, elle est plutôt satisfaite de la dextérité de ses doigts, de la rapidité de son jeu. Elle a hâte de retrouver les autres musiciens.

« Vous attendez quoi pour rejoindre vos sièges ? »

La voix de Samuel l'extrait de ses pensées. Elle sort sa flûte et ses partitions. Et entame avec les autres les séries préparées par le chef d'orchestre. Pendant ces quelques heures, rien d'autre n'existe que les notes qui filent sous ses doigts. Comme le flux et le reflux des vagues, ils font surgir l'intangible et ensorcelante beauté de la musique. Hannah n'est plus que croches, doubles croches et trilles. Un souffle pur, limpide. Les notes éloignent la déception, la frustration, la réalité s'estompe pour s'enrichir d'un pouvoir mystérieux et euphorisant. La musique est son opium, sa bouffée d'extase. Un profond bonheur l'enveloppe. Des courbes gracieuses de paysages prennent forme sous ses yeux éblouis, des échappées lumineuses, des terres ombragées sous ses doigts frémissants. Des sommets enneigés aux chaînes rocheuses, des villages fortifiés aux pistes poudreuses, Hannah s'évade dans ces royaumes oubliés, où les rayons du jour semblent être les seuls habitants de ces lieux miraculeux. Par quel sortilège, quelle fable, quelle liberté la terre donne-t-elle cette bénédiction à ceux qui ont la grâce de la fouler ? se demande-t-elle avant que le silence retombe, et avec lui, la magie.

Des grincements de chaises, des claquements d'étuis que l'on referme. Et l'ombre de Marco dans son dos. Son attente qu'elle devine. Il guette un geste de sa part. Si elle ne bouge pas, le temps sera suspendu. La loi des dominos. Une impulsion, et tout dérape. Un geste, et elle se perd. Pourquoi sa présence est-elle si magnétique ? Marco ou une promesse de sensualité et de légèreté. Une probabilité d'enchantement qui lui est interdite. Juan. Tanger, leur rencontre. Rome, leur premier voyage. Leur nuit passée dans un renfoncement minéral de la fontaine de Trevi. Puis il y avait eu Lisbonne, Londres et Venise. L'atelier et la porte du fond. Un déroulé dont elle ne peut modifier le dénouement, détricoter les fils pour retisser leur histoire. Ce parfum, ce corps derrière elle. Marco la saisit par l'épaule et la tourne vers lui. Il prend son visage entre ses mains et l'embrasse. Avec effroi, elle prend conscience de l'intensité de son désir.

– 32 –

Comme ce serait réconfortant d'en savoir plus sur la vie, sur sa signification et sur ce qui advient après. Hannah regrette de ne croire en aucun dieu, d'être seule face au trou béant laissé par ses absents. La mort, c'est ça, cette brutale absence, troublante, irréelle, la voix qui ne répond plus au téléphone, l'autre avec lequel on ne peut plus parler, que l'on ne peut plus toucher, plus étreindre. La mort, c'est ce gouffre où sombrent nos pleurs, nos sentiments qui ne trouvent plus d'écho. La mort, c'est ce rien si complexe à appréhender. La somme de ces moments insignifiants pour tous, et pour elle essentiels. Qui ont marqué son existence. L'ont guidée à travers les saisons, les années. Et ne l'ont jamais tout à fait quittée.

Dans leur appartement, la douleur est reine. Hannah s'y pelotonne, renonce à sa carapace de femme forte, de musicienne accomplie. Chez eux, elle retrouve son essence. Juan. Ici, elle s'offre tout entière à lui.

Allongée sur son canapé, elle s'interroge sur ses choix. Sur ce qu'elle appelait le bonheur. L'amour, le couple, l'épanouissement. Tous ces idéaux ne sont-ils qu'une imposture livrée à notre crédulité ? Si je me laissais aller à mes désirs, se demande-t-elle, si je mêlais mon corps à un autre, si je me donnais et prenais avec insouciance, serais-je capable de ne rien attendre de l'autre ? Une simple jouissance de la chair ? Elle pense à Marco, à ses yeux d'un bleu profond, brûlant, à cette indéfinissable patine, ce mélange de virilité animale et d'élégance. Marco et sa présence insistante. Ce corps qu'elle peut sentir près du sien. Ce corps bien réel. Cette force obscure qui la submerge, aussi insaisissable qu'un courant d'air. Qui risque de tout emporter sur son passage, ses retenues, ses valeurs, la bienséance, tous les préjugés qui l'ont jusque-là étouffée. *Crois-moi, ce que tu tais n'existe pas. Il ne le découvrira pas.*

À quel moment a-t-elle vacillé ? Quand il lui a fait des avances ? Quand il l'a embrassée ? Non, quand tu as accepté de jouer, se dit-elle. Parce que tu as voulu te mettre au défi, voir ce que tu avais dans le ventre, et surtout ce dont tu es capable. Comme en musique, quand on tente une nuance improbable. Parfois on a du jeu, parfois on n'en a pas. Parfois, le charme opère, parfois c'est loupé. Tu t'es mise en danger parce qu'il n'y a que ça qui t'intéresse. Le danger dirige ta vie. L'accident d'avion. La porte que tu ouvres, l'interdit que tu transgresses, la vérité que tu découvres et qui pulvérise tout. La prison. Alors pourquoi n'as-tu pas cédé ? À cause de cette ombre qui plane autour de toi, qui est derrière chacun de tes gestes, chacune de tes émotions, Juan qui est partout, Juan qui est nulle part.

– 33 –

Hannah dévale l'escalier de l'hôtel. En bas, au centre du patio, le bruit apaisant de la fontaine. Elle pousse la lourde porte cloutée et se retrouve face à la muraille qui entoure la vieille ville. Sous ce soleil dont elle ne parvient pas à se rassasier. Autour d'elle, des toits plats au linge battu par le vent. La lumière étincelante, le ciel floqué de nuages. Que cette ville est belle. Soudain, un croassement. Elle lève la tête, les mouettes projettent une ombre inquiétante. Elle frissonne et glisse la main à l'intérieur de son sac. Quelque chose la griffe. Ses doigts tâtonnent et se blessent à nouveau. Qu'est-ce qui peut être aussi pointu ? Elle s'accroupit, pose son sac au sol. Pourquoi son téléphone est-il recouvert d'une substance rouge, visqueuse ? Elle le détaille pendant que, de l'autre main, elle essuie ses doigts sales contre sa paume. Qu'a-t-elle pu renverser ? Elle ouvre en grand son cabas et le vide dans la rue. Un corps adipeux. Elle retire aussitôt sa main. Pleine de sang. S'est-elle coupée ? Elle cherche un paquet de mouchoirs, mais c'est une petite chose molle et écarlate qu'elle extirpe. Un organe. Un morceau indéfini de corps humain. Ou animal. Elle secoue sa main de toutes ses forces. Le bout de chair colle à ses doigts avant de s'écraser au sol. Terrifiée, elle le fixe sans comprendre. Une amertume dans la bouche, un spasme dans le ventre, elle vomit sur le trottoir, le corps agité de frissons, le front en sueur. Un picotement lui parcourt le corps, les bras, les jambes, encercle ses mollets. Elle se redresse et se précipite à l'hôtel.

À la fontaine du patio, elle frotte ses mains sous l'eau à s'en arracher la peau. Les essuie sur son jean et monte quatre à quatre les étages. Devant sa porte, elle cherche la clé au fond de son sac. De nouveau, une forme visqueuse. Elle panique. Le retourne. Son portefeuille, la clé de sa chambre, son portable, son porte-monnaie, un paquet de mouchoirs, s'écrasent sur les dalles en damier, et deux pattes. Hannah pousse un cri. Deux pattes avec les tendons. Deux morceaux griffus et jaunâtres, recouverts de taches. Elle hurle d'effroi. Et se réveille brusquement. Le corps moite, un creux dans le ventre.

– 34 –

Hannah n'ose plus fermer les yeux. Elle craint plus que tout de replonger dans ce Tanger fantasmagorique. De subir d'autres sortilèges. Elle se lève du canapé et se réfugie dans sa chambre. Sous la couette. Loin des monstres de son enfance. Juan lui manque. Elle enfouit son nez dans son oreiller. Il sent la lessive, elle projette, ravive sa mémoire, mais l'odeur de Juan s'est estompée comme la buée sur une vitre, et Hannah se laisse submerger par les larmes. Des larmes qui la surprennent. Elle n'aurait plus cru être encore capable de les verser. Elle pleure l'absence de Juan, l'amour qui s'est échappé derrière les barreaux, elle pleure sa jeunesse qui n'a pas duré, le temps qui file et lui arrache les êtres aimés, elle pleure les nuits tourmentées et les aubes claires. En elle tout s'est fossilisé, et ce flot la libère. Ses mains sont tellement serrées que ses ongles s'enfoncent dans ses paumes. *Tanger est une ville faite de mirages. On vient y traquer des souvenirs qui n'ont pas eu lieu.* Allongée, les yeux perdus dans le vide, elle laisse glisser les heures, son malheur, et son souffle finit par s'apaiser.

Elle prend son portable sur la table de nuit et appelle Juan. Pendant une fraction de seconde, la normalité du geste la rassure. Il va lui parler, la consoler. Le téléphone vibre dans l'autre table de nuit. Le répondeur se déclenche. Sa voix perce le silence. Cette voix grave et rauque qui a disparu de son quotidien et lui manque cruellement. Elle songe avec inquiétude que si l'appareil meure, elle n'entendra plus sa voix dès qu'elle en a besoin. Sa voix finira par s'effacer, comme son odeur. Que lui resterait-il alors ? Si peu. Elle refait le numéro et se repaît, encore et encore, de cette tessiture particulière. Une onde de chaleur dans le ventre. Juan et sa présence terrienne, violemment ancrée et pourtant insaisissable. Juan dont l'absence se creuse jour après jour, mois après mois. Trois ans déjà.

– 35 –

Son compagnon de cellule ronfle. Milo dort sur le lit du dessus, et la structure métallique de leurs couchettes balance et grince à chaque mouvement de leurs corps. Juan tressaille dès que l'autre se retourne. Franck, lui, regarde la télévision en sourdine. Juan essaie de se détendre, mais l'humidité s'insinue jusque dans ses os. Il se recroqueville sous la couverture. Il faut qu'il trouve un moyen de supporter la détention et de ne pas en crever. Il se concentre sur ses derniers dessins. De simples dessins. Pas des tableaux.

Quel est le premier qu'il peindra en sortant d'ici ? Il ne sait pas encore, mais il faudra qu'il soit spectaculaire, phénoménal. Le premier sera son chef-d'œuvre. Il exprimera l'indicible. Comment travaillera-t-il le noir ? Par aplats épais pour plonger dans la pénombre, exprimer l'étroitesse du quotidien ? Quelques touches de couleurs pour faire ressentir l'allégresse de la libération ?

En réalité, il n'a jamais d'intention lorsqu'il commence une toile. Il crée une situation, se donne la possibilité d'en tirer parti. Le tableau se fait, ou pas. Toute ma vie, j'ai cru pouvoir contrôler les événements, se dit-il. J'avais tort. Je ne peux les contrôler, mais influencer leur forme. La véritable liberté ne se trouve pas derrière ces murs, mais entre mes doigts. Puisqu'ici je ne peux que dessiner, je m'exerce dans les carnets qu'Hannah m'a apportés. Non plus pour tuer le temps mais pour transformer cette peine en cheminement.

Laisser mon esprit s'envoler, laisser bourdonner tous ces rêves qui s'y entassent avant de les retranscrire. De retrouver cette vertigineuse exploration du monde. Parce que même coincé ici, l'horizon est à portée de main. Travailler davantage pour m'extraire de cette mélancolie poisseuse, des souvenirs qui mordent, travailler pour tenir le passé à distance et réinventer le présent.

Des images défilent sous ses yeux, des idées, des teintes qu'il n'a jamais utilisées. Une palette infinie de possibilités, là, sous ses paupières. Il suffit de lâcher les rênes. Tout est là, si proche.

Il se penche contre le mur et glisse la main sous la plinthe, le long de son lit. Il récupère le joint et l'allume. L'herbe lui éclaircit l'esprit. La nicotine aussi. Un cocktail qui le fait un peu planer, qui le calme. Lui, qui ne fumait pas, vide un paquet de cigarettes par jour. Un sacré budget. Difficile de tenir avec ce que sa mère lui envoie et ce qu'Hannah lui apporte. Entre les repas qu'il faut payer, la télévision et les à-côtés, il est souvent à sec.

La semaine dernière, il a eu la trouille quand le type d'Asnières lui a réclamé ce qu'il lui devait. Juan a négocié un délai en sachant qu'il ne pourrait jamais le tenir. Le gars s'est énervé, a menacé de lui casser les jambes. *Ma spécialité*, a-t-il précisé. *Alors, l'artiste?* Jusque-là, Juan avait réussi à échapper à la violence, aux passages à tabac. Il n'est pas habitué à se battre. Les codes, les règles en détention, il les a redoutés, devinés, puis intégrés. Pourtant, il a commis une erreur. On ne négocie pas avec ces types-là. Contre eux, il n'a aucune chance. Il faut faire profil bas. Ce qu'il a le plus appréhendé est en train de lui arriver, là, face au colosse menaçant contre lequel il ne pèse rien. Il cherche une solution. N'en voit qu'une. Hannah. Elle réagirait aussitôt, mais demanderait des explications. Pour mieux comprendre ses exigences. Oui, il pourrait invoquer n'importe quel prétexte. Escroquer, c'est ce qu'il fait de mieux. Il n'est plus à un mensonge près. Enjoliver la réalité pour ne pas qu'elle s'inquiète. Mais la duper pour ça, c'est humiliant. Pour lui. Pour elle. *Alors, l'artiste, on commence par laquelle ?* L'autre sourit d'un air mauvais et Juan a l'impression d'être face à un fauve, mâchoire béante, muscles bandés. Un fauve prêt à lui bondir dessus. Une idée lui passe par la tête. Une idée délirante. Sans se départir de son calme apparent, Juan tente le tout pour le tout. *Un tableau ? Pour payer tes dettes ?* À la férocité succède l'incrédulité sur sa gueule bouffie. *Tu veux qui ?* poursuit Juan. *Chagall, Picasso, Braque ?* La brute l'observe, glaciale. *Tu te fous de ma gueule ?* explose le type d'Asnières. *Non, c'est ma spécialité à moi. Alors ?* Un silence. *C'est lequel le plus cher ?* Nouveau silence. Puis Juan répond, *Picasso*. Et le lendemain, il lui donne une version crayonnée de son *Don Quichotte*. La silhouette du chevalier sur son cheval, avec son armure, sa lance et son casque. À ses côtés, son écuyer sur son âne. Au loin, les moulins à vent. *C'est vachement beau. C'est quoi ?* Juan soupire de soulagement. *Un chevalier très connu qui est parti de chez lui pour protéger la veuve et l'orphelin. Un chevalier qui a décidé de rendre justice lui-même.* Le détenu, les yeux rivés sur le dessin, répond qu'il en veut d'autres. Juan acquiesce. Et rit intérieurement. Mieux vaut ne pas expliquer que le chevalier ne combat que des moulins à vent. Un héros parodique et ridicule contre des joints, le deal lui plaît. Depuis, d'autres détenus lui ont passé commande, et Juan dessine toute la journée.

Dessiner, c'est bien, mais ce qu'il veut, c'est peindre. Préparer son grand œuvre. Celui en train de naître dans son esprit. Juan a hâte de se confier à Hannah, de lui dire qu'il va tenir. Mieux qu'il ne pensait, parce que son monde ne se réduit plus à ces quelques mètres carrés. Emporté par son enthousiasme, il se demande comment il va patienter encore quelques jours avant de la voir. Hannah, qu'il pourrait regarder des heures quand elle joue, Hannah, qui est une chorale, un feu d'artifice. Compte-t-elle les jours avec la même impatience ?

– 36 –

Elle en est sûre. Sa main a glissé le long de son dos. Un geste presque imperceptible dans la cohue de la troupe entrant en salle de répétition, mais elle, elle l'a remarqué. Tout comme elle sent quelque chose entre eux. Entre leurs corps. Une aimantation. Une complicité. Ce geste, est-ce une invitation ou une gratification ? Une récompense pour ses faveurs ? Hannah s'étonne de son cynisme. Mathilde a donc été rajoutée sur la liste de Marco. Ou va bientôt l'être. Au moins, il a bon goût. Mathilde est particulièrement belle. Hannah la détaille de dos. Sa silhouette fine, ses longues jambes, son port de tête gracile. Normal, c'est une pianiste. Et ce chignon aux torsades sur le point de se défaire. Marco se penche et lui glisse quelques mots à l'oreille. Le rire cristallin de Mathilde éclate tandis que le cœur d'Hannah se fendille. Même son rire est irrésistible.

Grincements de chaises et brouhaha d'instruments qu'on accorde. Battements de mains de Samuel pour attirer leur attention, suivi d'un *Bonjour à tous* sonore.

On commence par la Danse hongroise n° 5.

Hannah ouvre sa partition. Elle, qui aime tant ce morceau d'ordinaire, n'y trouve aujourd'hui aucun plaisir. Ce pétillement de l'air, cette alternance entre mouvements rapides et lents, toute cette allégresse lui paraît artificielle. Les notes dansent sous ses yeux sans qu'elle ne s'échappe dans un de ses paradis rêvés. Non, coincée sur sa chaise, elle ne voit que les torsades du chignon, ses mèches rousses qui se détachent au fil de son jeu. À quoi ressemble Mathilde les cheveux lâchés ? Marco a-t-il retiré la barrette qui maintient ce fragile équilibre ? Les notes cavalent et la musique tsigane envahit la vaste salle. Marco a-t-il attendu que les mèches se dénouent d'elle-même pendant l'amour ? À l'idée de la peau diaphane de Mathilde contre la peau mate du violoniste, la morsure de la jalousie la fait tressaillir. Comment repousser cet assaut ?

Qu'est-ce que ça peut bien te faire ? se dit-elle. Si tu étais intéressée, tu n'avais qu'à dire oui ! Hannah a l'impression d'être derrière un store dont les lattes lui dissimulent le paysage. Elle ne fait qu'entrapercevoir une situation, et cette situation la blesse plus qu'elle ne le pensait. Marco la voulait elle, pas une autre. Alors pourquoi ce revirement ? Pourquoi avoir choisi Mathilde ? Parce qu'elle est sublime. Tout simplement. Hannah surprend un coup d'œil de Marco sur la pianiste. Un autre signe révélateur de cette histoire en devenir. Et moi ? Toi ? Mais tu n'as rien à y faire. Hannah est complètement dépassée par des sentiments devenus incontrôlables. Une brûlure dans le ventre. Elle secoue rageusement la tête. Il faut que ça s'arrête. Ses yeux quittent la partition pour revenir se poser sur Mathilde, dont un sourire évanescent éclaire les lèvres. Elle est heureuse. Hannah se sent prise au piège d'un mécanisme infernal. Toutes ces impressions qui font signe s'emballent et s'immiscent dans les moindres recoins de son esprit. Le pire n'est pas ce qu'elle voit, mais ce qu'elle ignore. La jalousie est une maladie du regard, ce regard qui dissèque, qui tente en vain de reconstituer une image qui n'existe peut-être même pas. Si, j'ai vu la main de Marco lui caresser le dos, cet éclat dans sa pupille quand il l'a regardée. Je connais cet éclat. Il avait le même avec moi. Tu aurais pu l'avoir. Le posséder. Et maintenant il est en train de t'échapper, et ça t'est odieux.

Elle prend une profonde inspiration. Ce moment, elle l'a déjà vécu. Cette sensation de s'abstraire de son corps, de flotter au-dessus d'elle-même, de s'observer d'en haut. De se voir agir. Se voir parler, bouger, séduire. Cet impérieux besoin de plaire. Plaire pour exister dans le regard de l'autre, pour ne pas être abandonnée. Et pourtant, elle finit toujours par l'être.

– 37 –

Tous les vendredis, Nassim entraînait sa bande sur les plus belles plages de Tanger. Hannah, enthousiaste, avait immédiatement accepté. Elle revoit le contour de sa silhouette miroiter en plein soleil quand ils descendent de voiture. Au loin, les bateaux, et le vent qui fouette leurs cheveux.

« On dit qu'ici le vent balaie tout sur son passage, les moustiques et les microbes, raconte Nassim. Les Tangérois prétendent qu'il se lève avec le soleil, et qu'il tourne en rond sans savoir de quel côté s'en aller. »

Le spectacle enchante Hannah. L'endroit est perdu, magique. La petite troupe s'installe sur les transats étalés devant l'océan. Sur des tables d'appoint, un serveur pose des plats. Hannah jette un regard étonné à Juan.

« Personne ne commande ici, lui répond-il. On te sert le plat du jour. »

Devant eux, des salades, du pain et un tagine de poulet. Les plats de chez elle.

« J'ai l'impression d'être une déracinée, murmure-t-elle. Une déracinée qui n'est jamais partie d'ici… C'est singulier de renouer avec un lieu qu'on ne connaît pas, non ? »

Elle raconte qu'en à peine quelques jours elle se sent moins dépaysée. Y compris avec la langue. À la maison, Simon et Guitta parlaient en arabe quand ils ne voulaient pas qu'elle les comprenne. Mais à force, certains mots étaient devenus familiers, et leurs conversations, moins énigmatiques. En réalité, il s'agissait toujours de disputes, ou de la disparition de sa mère. Hannah raconte le crash, ses années auprès de ses grands-parents, et la mort récente de Guitta.

Juan plonge un morceau de pain dans le tagine. Nassim et les autres sont déjà partis se baigner.

« Toi, c'est un crash, moi, c'est une tache. »

Elle l'interroge du regard.

« La honte d'un sang empoisonné par la guerre, et les mauvais choix. »

Dans la lumière crue, les vagues scintillent au soleil.

« Quand j'étais enfant, mon grand-père paternel me confiait les grandes choses qu'il avait accomplies. Son combat pour sortir le pays de sa misère et sauver les entreprises. Les récupérer contre *ces voleurs de travailleurs qui nous avaient tout pris.* C'était sa formule, son mantra. À l'époque, je le considérais comme un héros. C'était mon grand-père, il ne pourrait être que dans le camp des bons. Ceux qui ont *nettoyé l'Espagne*, comme il disait. *Faire payer et expier ces ordures de républicains. Ces bouffeurs de richesse.*

– Il était fasciste ?

– Oui.

– Il a torturé ?

Hannah appréhende sa réponse. Ce verbe évoque une autre réalité.

– Non, il était bien trop prudent et arriviste pour ça. Il donnait les ordres.

Discret soupir de soulagement.

– Et du côté de ta mère, ils étaient fascistes aussi ? »

Il acquiesce.

« Français et profranquistes, comme la plupart des bourgeois de l'époque. Ils avaient peur de tout perdre. Comment ne pas être attiré par le gouffre lorsqu'il est aussi bien mis en scène ? Franco était habile, et eux, comme une grande partie de la population, en quête de l'homme providentiel. Celui qui mettrait fin au chaos. Sauf que cette violence a empoisonné ma famille. »

Un silence.

« Mon monde s'est disloqué quand j'ai compris qui était Franco, et ce que signifiait ce soutien.

– Comment as-tu compris ?

Juan sourit.

– Grâce à un tableau. Il a changé ma vision du monde et le cours de ma vie. »

Hannah ne répond rien. Leurs histoires sont différentes, leurs souffrances ne sont pas les mêmes. Elle, elle a grandi dans l'ombre de disparus, lui, dans la quête vaine de chercher à effacer les traces des siens. Pourtant, elle sent en lui une familiarité, elle retrouve en lui cette vulnérabilité, cette béance dans le regard. Un effet troublant de miroir. Il la masque sous un voile d'intrépidité, d'audace et d'assurance, tandis qu'elle a l'impression d'être à nu.

– 38 –

La peinture n'est pas faite pour décorer les appartements, c'est un instrument de guerre offensive et défensive contre l'ennemi. La voix de Picasso déchire le silence du salon. Juan a quinze ans, il est subjugué par l'artiste. Il découvre son engagement. Et, les yeux rivés sur l'écran de la télévision, il se dit qu'il veut ressembler à cet homme, qu'il veut être comme lui. Il suit, hypnotisé, l'émission sur un de ses plus grands chefs-d'œuvre, *Guernica. Guernica*, qui ne rejoint l'Espagne qu'en 1981. Après la mise en place d'un gouvernement démocratique, selon les souhaits de Picasso. *Un des plus beaux manifestes pour la paix que le monde ait connu*, poursuit la voix off. Le tableau envahit l'écran. Juan est bouleversé par ces femmes hurlant de douleur, de désespoir. Celle aux yeux révulsés d'effroi, tenant son enfant mort. Une autre, les bras levés, dévorée par les flammes. Et cet homme, le seul du tableau, au corps démembré, qui tient encore son épée. *Sans doute le symbole de la résistance héroïque, mais impuissante face à l'horreur. Regardez la fleur qui pousse près de sa main. Un signe d'espoir.* C'est époustouflant, la beauté qui se dégage de ces visages agonisants. Jamais un tableau ne lui a fait un tel effet. Juan est saisi, emporté, il pénètre dans l'esprit du peintre. Ne fait plus qu'un avec lui. *Ce tableau n'est pas la simple illustration d'un événement, mais la transposition en une succession d'images complexes. Comme une frise.* 27 m^2. Monumental. Juan est admiratif. L'artiste parvient à évoquer un bombardement sans jamais montrer la moindre bombe. Seule une ampoule est représentée, une ampoule entourée d'un halo lumineux, piquant comme des flammes lacérant le ciel. Un cheval éventré transpercé par une flèche, hennissant de douleur. Un taureau aux yeux terriblement humains. *Le combat de l'humain contre le bestial. L'incarnation de l'Espagne nationaliste, et des régimes totalitaires.* Espagne nationaliste. Régimes totalitaires. Les mots rebondissent sur les murs. Ces mots qui soudain prennent un autre sens que celui qu'on leur a prêté jusqu'à présent. *Et la colombe, à peine visible. Presque effacée, comme la paix face à la guerre.* Toutes ces bouches déformées par l'épouvante, ces corps massacrés. Et la femme à la lampe, qui surgit vers le centre, semblant s'échapper de la ville détruite. Une lueur d'espoir. Juan entend pour la première fois parler de cette petite ville basque bombardée pendant trois heures. Guernica, ravagée. Guernica et ses centaines de morts et de blessés, tous civils. Quand Picasso l'apprend par les journaux, il imagine son tableau comme un énorme cri de colère, de rage contre la folie humaine. Et cette anecdote que raconte la voix off, qui glace Juan. *On dit qu'en apercevant une photo de la toile l'ambassadeur nazi Otto Abetz lui demande,* C'est vous qui avez fait ça ? Non, c'est vous, *aurait répondu l'artiste.* Le peintre aurait choisi le noir pour traduire la mort, l'indicible, et Juan, tétanisé d'horreur, se heurte à la réalité de la guerre, et à la honte. Il se fait le serment de devenir un peintre du noir pour exprimer son deuil. Celui d'appartenir à une famille au sang empoisonné, une famille nationaliste. Ceux qui ont fait ça.

– 39 –

Hannah est partie rejoindre les autres dans l'eau, aux courants si traîtres. Quand elle revient, ravie de cette escapade, Nassim et Juan ont disparu. Tous s'allongent sur les transats et lézardent au soleil. Elle regarde les gouttes sécher sur sa peau, s'ennuie, se demande où ils sont passés et décide de tromper le temps en prenant des photos. Elle longe le rivage, les pieds léchés par les vagues, puis remonte vers la crique. Derrière les rochers, elle les entend. Dans le fracas des vagues, elle discerne des éclats de voix, des mots répétés. *Réseau, nouvelle livraison*. Juan semble énervé. De quoi parle-t-il ? Elle s'approche et leur fait signe avec son portable. Les deux hommes se taisent aussitôt et Nassim se précipite vers elle, attrape l'appareil et le jette à la mer. Incrédule, Hannah fixe la gueule béante et insondable qui vient d'avaler son téléphone.

« Pourquoi tu as fait ça ? crie-t-elle. Y a toute ma vie là dedans ! »

Il l'observe sans répondre.

« Mais t'es complètement dingue ! Qu'est-ce qui t'a pris ? »

Elle hurle à s'en briser les cordes vocales. Se tourne vers Juan.

« Et toi, t'as rien à dire ?

– Je vais t'expliquer.

– Mais vous êtes timbrés ! Y a rien à expliquer !

– C'était pour rire », rétorque Nassim.

Ses yeux piquent, elle a envie de pleurer.

« Pour *rire*? »

Sa voix part dans les aigus. Sa colère déborde, elle prend l'ascendant sur elle.

« Tu verrais ta tête », lance Nassim d'un sourire forcé.

Hannah se rue sur lui, le gifle de toutes ses forces.

« Et la tienne, tu la vois, la tienne? »

Juan se jette sur Hannah pour la retenir tandis que Nassim recule sous l'impact.

« T'aurais jamais dû faire ça! Tu sais pas qui je suis, lâche-t-il, la main sur la joue.

– Mais j'en ai rien à foutre de qui tu es! »

Nassim lève le bras pour la frapper. Juan lâche Hannah et s'interpose aussitôt.

« Nassim, tu te calmes. »

Hannah les dévisage tour à tour, atterrée. Elle n'est pas habituée à cette violence-là. Elle espère encore que Nassim va éclater de rire en extirpant son téléphone de sa manche comme un magicien. Tout va rentrer dans l'ordre.

« Allez, ça va. Y a pas mort d'hommes, rétorque Nassim, vexé. J'ai juste balancé à l'eau un portable. »

Une bouffée de haine l'assaillit.

« *Mon* portable, Nassim! C'est *mon* portable que tu as balancé à la flotte, pas *un* portable. La prochaine fois, prends le tien si ça t'amuse! crie-t-elle en le fusillant du regard.

– N'en fais pas une montagne, poursuit-il en tendant les mains en signe d'apaisement, c'était juste pour rire…

– Tu l'as déjà dit, connard! »

Elle les plante là, récupère son sac sur le transat, et remonte vers la rue.

« Hannah, attends! »

Juan court derrière elle. Elle refuse de se retourner.

« Hannah, reviens, je vais t'expliquer. »

Les larmes coulent. Hannah n'écoute pas. Elle arrive au bord de la route, hèle le premier taxi et s'y engouffre. Referme la porte avec soulagement. Elle tremble. La situation lui échappe, elle ne comprend pas ce qui vient de se passer.

– 40 –

Hannah récupère sa clé à la réception, gravit rapidement les marches étroites. Dans sa chambre, elle tourne comme un lion en cage. Fulmine. *C'était pour rire.* Pour qui se prend ce type ? Et Juan qui n'a rien fait pour la défendre. Elle ouvre la fenêtre, entre dans la salle de bains, en ressort, puis se laisse tomber sur le lit. Il faut qu'elle se calme.

La scène passe en boucle sous ses yeux. La main de Nassim qui attrape le téléphone et le jette comme s'il s'agissait d'une bombe. Incompréhensible. *C'était pour rire.* Mais de quoi ? D'elle ? Ces types sont dingues. Nassim surtout. Derrière son air de gendre idéal se cache un fou furieux. Quant à Juan… Quelque chose cloche, il avait l'air mal à l'aise. Elle l'entend lui répéter qu'il va lui expliquer. Mais lui expliquer quoi ? Comment justifier l'acte de son ami ? Elle a beau tourner et retourner la situation dans sa tête, elle ne comprend pas. Nassim est un vrai connard ! Elle tremble. Le sang pulse dans ses veines. Elle ferme les yeux et se concentre sur le bruit des pales du ventilateur. La vérité, c'est qu'elle a eu peur. Et qu'elle n'arrive pas à l'accepter. La régularité du ronronnement évoque le métronome qui rythme ses exercices. Elle cale sa respiration dessus. Demain, elle ira s'acheter un téléphone. Non, elle exigera de Nassim qu'il le lui remplace. Après tout, il le lui doit. Les premières notes des *Leçons de ténèbres* de Couperin jouent dans son esprit. Elle ne sait pas ce qui l'agace le plus. La perte de son téléphone ou le mépris de Nassim. *Tu verrais ta tête!* Elle repense à sa main qui s'abat sur sa joue, ses poings qui le frappent. Ses oreilles bourdonnent. L'idée de lui avoir fait mal la réconforte. Oui, il va remplacer son téléphone et ensuite il disparaîtra de sa vie. Elle ne veut plus le revoir. Plus jamais. Nouvelle inspiration. Tu t'en fous, se répète-t-elle. Tu t'en fous, tu ne le verras plus. Et tu auras un nouveau téléphone. Son rythme cardiaque ralentit. Rien de bien grave, au fond, elle en a conscience. Elle s'imagine dans la salle de répétition en train de jouer avec les autres musiciens, sent l'air traverser l'instrument. Sous la pulpe de ses doigts, le creux des touches. La flûte vibre et Hannah s'échappe.

Son dos est un peu raide. Les yeux fermés, elle passe la main sur le tissu rêche et bat la mesure sur les coutures. Elle traverse les nuages, devine la mer en contrebas. Ses eaux troubles et tumultueuses. Elle se laisse porter. Elle défie le temps, les années, étourdie par le soleil massif, l'air lourd qui emplit l'espace et crépite dans la lumière. Au loin, des pierres, des graviers, des dunes, des roches d'encre. Bientôt, elle ne distingue plus que le crépuscule. Les étoiles pâlissent, la terre en bas s'obscurcit. Elle sera bientôt à leurs côtés, ils l'attendent. Se reconnaîtront-ils ? Cela fait si longtemps qu'ils ne se sont pas vus. Un flot d'excitation inonde sa poitrine. Elle a rarement été aussi heureuse. Le monde lui appartient. À quoi ressemblent-ils aujourd'hui ? Ils ont dû vieillir. Soudain, des secousses. On ne traverse pas le ciel sans en payer le prix. La lumière s'éteint. L'obscurité se fait menaçante. Les turbulences s'intensifient. Ses ongles s'accrochent au tissu du siège. Son cœur ne bat plus. Elle a du ciment dans la bouche, des décharges électriques dans les doigts. Un masque à oxygène tombe devant son visage. Mais ses mains moites glissent sur le plastique. Enfin, elle parvient à l'attraper et à le placer sur son visage. Des flammes lèchent les parois. Effrayée, elle s'enfonce dans son siège. Le pilote jaillit en trombe de la cabine. Elle sursaute. Nassim ! Il lui fait un mauvais sourire avant de débloquer la porte et de se jeter dans le vide. Elle hurle son prénom, se retourne. Elle est seule dans un tunnel de feu. Les flammes dévorent à présent les sièges, les hublots, s'élancent jusqu'au plafond. Elle tousse. L'air est âcre, irrespirable. Elle ne distingue plus rien. Suffoque. Le feu l'encercle. Le djinn est là, au cœur de l'incendie. Au moment où il tend la main vers elle, une détonation.

Elle se réveille en nage. Cligne des yeux. Elle ne sait plus où elle est. Peu à peu, elle s'habitue à la pénombre et reconnaît les lieux. Elle se frotte les paupières, se redresse. Elle tâtonne sur le mur jusqu'à trouver l'interrupteur. La pièce s'éclaire. Les mots entendus tout à l'heure la percutent de plein fouet. *Réseau. Nouvelle livraison.* De quoi ? *Tanger, le lieu de nos premières expériences*, lui avait-il dit, *les boîtes de nuit, la drogue, les filles.* La drogue... Elle est arrivée au mauvais moment, elle les a interrompus. Sans doute est-ce pour cela que Nassim l'a punie. Nassim et Juan, des dealers ? De la part de Nassim, rien qui ne la surprenne, quelque chose la dérange profondément chez lui, mais Juan... *Je vais t'expliquer.* Il faut qu'elle lui parle, qu'elle tire ça au clair.

Elle attrape la bouteille d'eau sur la table de nuit, et boit quelques gorgées. Son regard balaie une nouvelle fois la table de nuit. S'y arrête. A-t-elle rêvé la scène de la plage ? Sur le meuble, un téléphone. Elle l'attrape, l'inspecte. Le sien. En neuf. Comment est-il arrivé là ? Qui l'a déposé ? Il n'y était pas lorsqu'elle est arrivée. Quoi qu'elle n'en soit plus si sûre. Nassim aurait-il pu entrer dans sa chambre ? Avant son retour ? C'est impossible, elle est partie la première. Serait-il entré pendant son sommeil ? Frissons de malaise. Elle se méfie de lui. Il est plus brutal qu'on l'imagine. Brutal et dangereux. Elle en est persuadée. Tout comme elle est intimement convaincue que Juan n'a rien à voir dans cette histoire. Elle allume le téléphone et un texto s'affiche. « Pour me faire pardonner. Promis, celui-ci, je ne le jetterai pas à la mer. »

– 41 –

« Hannah, attends-moi ! »

Elle se retourne. De ses iris bleu nuit, Marco la fixe avec une intensité qui la gêne. Comme un pêcheur qui ramènerait une lourde prise d'un geste sûr. La répétition vient de se terminer. Mathilde, à quelques mètres, les observe, traque sur leurs visages une marque, un indice, une cicatrice. La nature de leur lien. L'histoire ne cesse de se répéter, songe Hannah victorieuse. Marco est le genre d'homme dont les femmes tombent amoureuses, le genre d'homme à collectionner les cœurs brisés. Son regard nous transforme en figurantes empourprées aimantées par son magnétisme, je dois bien l'admettre. Un ballet de favorites autour d'un ensorceleur. Un séducteur dont le désir expire dans la possession.

« On va boire un verre ? »

Elle hésite. Elle vit dans un désert, et Marco est un mirage. Une oasis où elle pourrait étancher sa soif. Pour combien de temps ? Marco a le charme séduisant et trompeur de l'illusion, de cet élan qui ne romprait qu'un instant seulement la monotonie de son existence.

« Je n'ai pas le temps. »

Avec sa grâce désinvolte, il saisit le sac d'Hannah.

« Allez, rien qu'un verre. »

Les regards des musiciens pèsent dans son dos. Et le suit.

Ils entrent dans leur café, celui où ils ont l'habitude de se retrouver après les concerts. Marco choisit la table du fond. La plus isolée. Les autres s'installent en terrasse. À travers la vitre, le profil de Mathilde.

« Tu veux boire quoi?

– Un verre de rouge. »

Marco commande avant de se lancer dans une imitation de Samuel. De ses grands gestes, de son long corps voûté, il en fait une musaraigne. Il plisse les yeux, tord sa bouche en une grimace effrayante, et Hannah éclate de rire. Marco en rajoute, parodie les autres musiciens. Il a le talent de reproduire la singularité de leurs tics, leur allure particulière et les ridiculise les uns après les autres. Hannah doit deviner qui est qui, et explose de rire à chaque victoire. Ces compagnons qui ignorent tout de ce qu'il est en train de faire, et ne sont qu'à quelques mètres. C'est au tour des femmes. Aucune n'échappe à son regard acéré, à la caricature. Il exagère, déforme, et Hannah se délecte lorsqu'il imite la manière dont Mathilde joue avec son chignon, ses mèches folles qu'elle enroule autour de ses doigts. Effacée la beauté glacée de la pianiste, ne reste plus qu'une peste maniérée. Elle jubile de ces coups de griffe, les savoure tout en se disant que ce type est prêt à tout pour la séduire. Piétiner ce qu'il a désiré, se moquer de ce qui a suscité sa convoitise. Comme un vampire, il se repaît des autres, aspire leur substance jusqu'à la moelle. Elle guette le moment où il va l'imiter, elle. Son tour est arrivé. Elle le voit prendre un air sérieux pour vider son verre et déguste la mise en scène. Il prend son temps, éveille sa curiosité. Elle sait qu'il a enregistré la moindre de ses habitudes. Il remarque tout, note tout. Et comme par magie elle apparaît. Il reproduit la délicatesse avec laquelle elle ouvre l'étui en bois, qu'elle effleure d'une fragile caresse. Préciosité ridicule. Hannah ne rit plus. Dans ce reflet, elle perçoit son comportement, ses attitudes, ses manies. Une représentation qui la trouble. Elle n'entend plus ce qu'il dit, elle n'est plus là. Elle plonge sa main dans le sac qui est à ses pieds, et vérifie. Oui, l'étui est bien là. Alors, en écho à ce que Marco est en train de lui montrer d'elle-même, Hannah passe ses doigts sur le bois. Le violoniste poursuit son numéro sans percevoir qu'elle est ailleurs. Auprès d'un autre homme. Juan.

– 42 –

L'angoisse monte. Hannah fixe ses chaussures. Si elle part maintenant, elle sera venue pour rien. Toutes ces heures de trajet inutiles. Il faut tenir. Trouver une bouée à laquelle se raccrocher. Si Juan refait le décompte des années qui lui restent, c'est sûr, elle va étouffer. S'asphyxier. Elle peut résister, mais pas seule.

« Je n'y arriverai pas », murmure-t-elle.

Du revers de la main, elle essuie discrètement une larme. Supplie les autres de ne pas couler. La crainte du barrage qui cède.

« Tenez. »

Une odeur de café. Elle relève la tête. Une femme s'est assise à ses côtés et lui tend un gobelet en plastique. La première chose que remarque Hannah, ce sont ses ongles rose fuchsia. Elle pince ses lèvres.

« Merci, mais ça va.

– Prenez, j'en ai déjà trop bu. »

La femme doit avoir une quarantaine d'années. Une grande brune un peu forte. Qu'elle a déjà vue.

Hannah trempe ses lèvres dans le café tiède. Il est mauvais, mais sa voisine l'encourage du regard, alors elle avale une gorgée.

« Moi aussi je viens tous les jeudis. Les lundis aussi. Le mien, c'est un prévenu. On attend le procès. J'ai une de ces trouilles. Si jamais il est condamné, je pourrai plus venir qu'une fois par semaine.

En même temps, c'est tellement compliqué, ces déplacements. Enfin, on s'y fait. On n'a pas tellement le choix. Et puis si on craque, il leur reste quoi ? Pas grand-chose. Faut avouer que parfois, c'est franchement dur. Comme vous aujourd'hui. C'est pas la peine de vous cacher pour pleurer, ici, on chiale toutes. Pire que le mur des Complaintes !

– Des Lamentations.

– Quoi ? »

Complètement inculte, note Hannah intérieurement.

« Ce n'est pas le mur des Complaintes, c'est le mur des Lamentations.

– Ah oui. »

Elle éclate de rire.

« On s'en fout, ce qui compte, c'est d'être là pour eux. Parce qu'à l'intérieur, c'est trop dur. Comme dans la chanson de Youssoupha, l'enfer, c'est les autres.

– Non, c'est de…

– Quoi ?

– Rien. »

Hannah pose le gobelet à ses pieds, et se lève.

« Vous avez été appelée ?

– Non, mais…

– Vous avez mieux à faire, c'est ça ?

– Non, c'est juste que… que je…

– Allez, asseyez-vous, dit-elle en tapotant le siège d'Hannah. Vous prenez pas trop la tête. Ici, on est toutes dans la même merde, alors autant s'entraider. »

Hannah se rassied sans dire un mot. Cette femme est un vrai pot de colle, songe-t-elle, tout en étant en partie soulagée de ne pas attendre seule, pour une fois. L'autre sort un miroir de son sac et se remaquille.

« Mon mec, il supporte pas que j'aie l'air triste. Il m'a dit, si tu viens pour chialer, c'est pas la peine. J'ai pas besoin de toi pour ça. Moi c'que je veux, c'est que tu sois sexe. »

Elle étale une nouvelle couche de rouge à lèvres, se pince les lèvres.

« J'suis sexe là ? »

Ignorante et vulgaire. Voilà ce qu'Hannah a envie de lui répondre. Elle la trouve trop tout. Trop grosse, trop moulée dans ses vêtements, trop gentille surtout.

« Vas-y, refais-toi une beauté, ma jolie ! poursuit la femme en lui tendant le miroir. Au début, j'avais pas l'impression qu'il était parti. C'est quand j'ai reçu sa première lettre que j'ai compris. Maintenant, c'est comme si c'était ma deuxième maison. »

Nouvel éclat de rire.

« Quand je le vois, on discute, on rigole. On vit à fond. On arrive même à faire des câlins. T'y crois, ça ? »

Elle jette un coup d'œil ravi à Hannah.

« Des journées entières à attendre l'heure du parloir, tout ça pour passer même pas une heure avec lui. T'en connais d'autres, toi, qui s'enferment presque une heure en tête à tête avec leur mari dans un placard ? »

Cette femme rit comme on respire. Sa joie de vivre est contagieuse. Hannah esquisse un sourire.

« Une vie de couple hors norme, mais une vie de couple quand même. Bon, dès qu'on se colle un peu trop, le surveillant débarque, mais j'ai tout prévu ! » lance-t-elle en désignant fièrement sa jupe ultracourte.

L'appel du haut-parleur résonne, et la femme se lève d'un bon.

« C'est mon tour. Faut que je file. Ravie d'avoir discuté avec toi. Au fait, je m'appelle Sofia. »

Hannah lui sourit vraiment pour la première fois. Quand Sofia disparaît derrière la porte, Hannah se rend compte qu'elle a oublié son miroir. Elle l'ouvre et observe son reflet. Elle se passe un doigt sur ses lèvres nues puis sous l'œil et la joue. Elle a vieilli. Elle a de nouveaux cheveux blancs. Trois années passées sans Juan l'ont marquée. Que voit-il lorsqu'elle s'assied en face de lui ? Ces traces laissées par le temps et l'absence sur sa peau ? Elle se trouve moche, referme le miroir d'un claquement sec, et le glisse dans sa poche. Elle le rendra à Sofia la semaine prochaine.

– 43 –

Encore une nuit où le sommeil se dérobe. Une image ne cesse de revenir. Celle de l'énorme tache noire sur un fond clair. La moquette du salon des parents de Juan. Hannah bat des paupières, mais l'image s'est gravée sur sa rétine. Soudain, Juan apparaît. Fend la foule compacte des invités, et le plat en porcelaine fine se fracasse au sol. Explose dans un bruit sourd sur la laine épaisse. Tous les regards s'accrochent à ce plat qu'un employé de maison vient de poser au milieu des plateaux de petits fours salés et des coupes de champagne. Ce plat de viande dont la sauce a giclé sur la nappe quand la porcelaine a claqué au sol, formant une masse épaisse, brûlante et compacte sur le tissu, avant de se déverser sur la moquette, éclaboussant la laine de taches noires. Comme du sang, se dit Hannah sans pouvoir détacher les yeux de cette constellation. Une scène de crime. Des éclats de cristal au milieu du champagne crépitant, mousseux et irisé, sur la moquette qui l'absorbe peu à peu. Et déjà la voix de Juan occupe tout l'espace dans son éruption de rage. Interrompant leur chant guerrier, sonnant la fin du jeu, délivrant ces hommes et ces femmes de leur exaltation mystique, qui s'offusquent, lui reprochent de trahir leur communion. Il piétine le fanatisme dans lequel ils sont engoncés comme dans des vêtements étriqués. Les extirpe de leur emballement fiévreux. Quelle audace, admire Hannah, pour briser net ce rite terrifiant. Pour leur imposer le silence. Juan a le cran de se dresser contre eux, de clamer son désaccord tandis qu'elle vient de se laisser humilier par Carlos. Débordée par l'âpreté de son dédain, écorchée par la honte de n'avoir pas riposté. Tous les reproches qu'elle s'est adressés à elle-même, Hannah s'en libère grâce à la bravoure de Juan.

Elle n'est pas courageuse, mais quand Juan la repère enfin, il lui transmet sa force. Il y a en lui une puissance mystérieuse qui la dépouille de ses craintes, de cette carapace qu'elle s'est forgée pour ne plus s'attacher, pour ne plus souffrir. L'avenir avec Juan est une suspension de ses habitudes, une promesse de possibles. Mais ça, c'était avant la porte de l'atelier. La porte qu'il refusait qu'elle ouvre. Cette porte qui cachait une vérité qu'il n'était pas prêt à lui dévoiler. Un pan de sa vie qu'il camouflait, à l'abri des regards. Et surtout du sien.

– 44 –

Il pleut. Juan s'est allongé sur le lit de Milo pour regarder les gouttes tomber par la fenêtre. Il les devine à travers les barreaux. Le lit du haut. Celui qu'il compte récupérer quand Milo sortira. *Plus que trois mois, mon pote!* Est-ce vrai? Avec Milo, impossible d'en être sûr, c'est un menteur pathologique. En tout cas, Juan a bien l'intention de s'installer à sa place dès qu'il le pourra. Après tout, il est arrivé après. Et avant Franck.

Juan entend un grattement. Un couinement. Ses compagnons de cellule sont absents. L'« ancien » est à l'infirmerie. Même ce surnom est ridicule, songe Juan. Mais l'autre se prend pour un cador, le chef de leur cellule… En attendant, le cador a la mâchoire cassée. Une dispute pendant la promenade qui a mal tourné. Juan savoure la solitude. Elle est si rare. À nouveau, ce bruit presque imperceptible. Il se redresse, inspecte les lieux. Il n'y a rien. Il se recouche et se concentre sur le martèlement de la pluie. Celui qu'il imagine parce que les voisins de cellule font trop de raffut pour qu'il puisse le distinguer.

Nouveau grattement. C'est sûrement dans sa tête. La souris de Nassim. Elle trotte dans son esprit, cavale derrière ses paupières fermées. Depuis quelques jours, il l'aperçoit même les yeux ouverts. Quand il a demandé à Milo et Franck s'ils la voyaient, les deux autres l'ont regardé comme s'il était fou. *Est-ce que je suis en train de devenir dingue ?* S'il se concentre, il sent sa fourrure soyeuse sous ses doigts et son cœur minuscule tambouriner. Elle est son plus fidèle compagnon. La nuit, elle se couche contre son oreille, et ses moustaches le chatouillent. Mais c'est doux, c'est bon. Il sait qu'il ne doit plus en parler. Ne rien dire. Il l'a appelée Niña. Enfant en espagnol. Sa toute petite. Est-ce que les deux autres ont aussi des compagnons secrets ? Milo s'amuse souvent des chats qui passent sous les fenêtres. Mais tout le monde peut les voir. Milo, ça l'éclate qu'ils soient si dodus. *Gras comme des cochons*, qu'il répète. *Normal, ils bouffent tout ce qu'on balance ! Eux au moins, ils profitent.* Franck, lui, est un taiseux. Personne ne sait pourquoi il est là. *Il se la joue mystérieux*, lance Milo. *Mais ça viendra. Ça vient toujours. Les gars, ils finissent toujours par parler. C'est ça ou crever*. Mais au fond, que Franck parle ou qu'il se taise, Juan s'en fiche. Il est bien trop occupé avec ses propres pensées. Et sa souris.

– 45 –

Les portes battent. Elles s'ouvrent et se referment sans cesse. Les spectateurs s'installent. Brouhaha de bavardages, bruissement de robes, frémissement d'étoles qu'on enlève. C'est le prélude. Les mains d'Hannah sont moites, le trac lui lacère le ventre. Elle écarte avec précaution le rideau et sonde la salle. Elle cherche à la sentir. Hannah appréhende. Pour eux et pour elle-même. De les décevoir. De ne plus arriver à jouer. Que l'absence de Juan la hante sur scène et achève de la détruire. Pourtant les musiciens maîtrisent la partition, leur jeu est précis, rigoureux. L'inverse de ta vie, se dit-elle. Cruel constat. Ses cheveux sont attachés, sa robe lissée, ses escarpins lustrés. Ses mains s'agitent comme des papillons, son estomac se contracte. Oublie Juan. Concentre-toi sur le présent et respire lentement. Elle rejoint le reste de l'orchestre et s'assied à sa place. C'est rassurant, cette place. Toujours la même. Aux répétitions comme aux concerts. La chaise pliante grince. Autour d'elle, ses pairs, sa famille. Leurs corps communiquent en silence. Échange de regards, de sourires. Coup d'œil de Marco. Le rideau se lève, les applaudissements retentissent. Des visages placides les observent avec expectative. C'est l'instant qu'Hannah préfère. Le plus exaltant. Suspendu. Les yeux braqués sur Samuel. Un geste, et les premières notes s'élèvent. Frémissent, ondulent, flottent. Comme les eaux emmêlées d'un torrent, une épopée rugissante les emporte dans les entrailles de la terre, dans les profondeurs du monde, fait fleurir les jardins et gronder les forêts. Hannah sent le souffle du vent et le ruissèlement des rivières. Son pouls s'accélère, ses poumons se compriment. Le soleil du soir veloute les rochers, les ténèbres s'épaississent, et elle s'y dissout. L'horizon rosit et les joncs caressent sur les ondes de l'eau. Hannah s'évade dans un élan hypnotique. Quand la musique cesse, son sang galope dans ses veines. Immobile, le souffle court, elle sent la pièce tournoyer autour d'elle. De la poussière d'or s'est déposée sur ses doigts. Elle a l'impression d'avoir vécu mille vies. De ne plus s'appartenir. Un tonnerre d'applaudissements.

Les musiciens fêtent leur joie d'avoir offert un beau concert en allant boire un verre. Dans l'air vif de la nuit, Hannah se sent vivante. Dans les rues désertes, au bras de deux autres musiciennes, elle éprouve une légèreté grisante, la sensation de s'être coupée de ce qui l'entrave. La musique a étranglé ses fantômes et la plonge dans des ravissements enivrants. Ce soir, elle rit, elle trinque avec les autres dans ce bistrot où ils ont leurs habitudes. Marco ne la quitte pas du regard. Son regard l'emprisonne, la déshabille, il a un léger sourire aux lèvres. Marco est joueur et la partie se poursuit. Hannah se dit qu'il suffirait d'un rien pour accrocher ses doigts aux siens avant de nouer ses cuisses autour de ses hanches. Une ébauche de geste, pour que sa nuit soit moins solitaire.

– 46 –

Quand elle pousse la porte de son appartement, c'est le silence qui la harponne. Et avec lui s'évanouit ce qu'elle vient de vivre, la magie du jeu, de l'instant, des notes qui s'évadent et l'emportent hors d'elle-même. Ce temps en suspension.

Elle retire ses escarpins, et se retrouve en collants sur le parquet. Sort dans la cour et rejoint l'atelier. Le froid du gravier traverse le voile sous ses pieds. Elle pousse la porte. Dans l'obscurité, elle devine les toiles empilées contre les murs, les pots de peinture entassés dans un coin et le vieux canapé défoncé. Elle s'adosse à la porte et ferme les yeux. Glisse une main sous son soutien-gorge et imagine sa langue sur son téton. Sa langue dans sa bouche, le goût sucré de l'éphémère. Elle écarte légèrement les cuisses et ses doigts se faufilent sous le voile du collant, s'enfoncent en elle. Ses doigts à lui. Sa langue sur son ventre, ses dents qui la mordillent, ses lèvres sur son sexe et sa bouche qui le happe. Sa gorge s'empourpre. Frottements sauvages, affamés. L'épiderme qui s'affole. Ses mains qui empoignent ses fesses. Elle se cambre, frissonne et étouffe un gémissement. Qui meurt dans un sanglot. Elle se laisse couler jusqu'au sol. La solitude du corps, la solitude de la peau. Arrête de te plaindre, se sermonne-t-elle. Tu vis sans lui, tu jouis sans lui, tu sens le soleil sur ton corps, la morsure du vent, tu ris sans lui, tu pleures, tu partages des moments de joie, de plaisir avec d'autres, mais la prison nous a pris la volupté, la douceur tiède de nos mains sur nos corps.

– 47 –

Sa voix est basse, voilée. La nuit, les yeux fermés, elle l'écoute en boucle dans sa tête. Comme ce moment hors du temps où il raconte cette ville qu'il aime tant et sa passion pour la peinture. Depuis que cet homme s'est assis à sa table avec une familiarité déconcertante, Hannah l'écoute. Un artiste. Un conteur. Mille et une anecdotes, son rire qui fuse à tout propos et ses yeux qui s'arriment aux siens. Juan l'a invitée à dîner chez Nassim. Son ami de toujours. Celui qui l'héberge quand il vient à Tanger. Et il vient souvent. Depuis son enfance.

Il ne prête aucune attention aux autres convives, ne voit qu'elle. Hannah est l'élue. Elle essaie de mieux cerner cet homme à la beauté sauvage. Assise près de lui sur une des banquettes basses qui entourent une table ronde, elle se demande ce que chacun connaît de lui. Tout en Juan lui échappe. Distraite, elle les entend parler d'art, de l'utilité d'une œuvre. Tous ces gens semblent évoluer dans une brume inaccessible.

« Ils sont tous peintres ? » lui glisse-t-elle discrètement.

Il acquiesce, la prend par la main.

« Ils sont chiants, surtout. Viens, on s'en va. »

Le dîner est à peine entamé, mais il s'en moque. Il attrape la bouteille de vin et son verre. Lui dit de prendre le sien. Un peu gênée, elle se retourne vers Nassim, qui les regarde partir, amusé. Elle le suit dans l'escalier.

Au dernier étage, la porte s'ouvre dans un grincement. À la lumière du couloir, une terrasse s'étale sous ses yeux. Deux fauteuils, une banquette face à une balustrade rouillée et leurs corps encombrants. Hannah s'approche du bord. En bas, des éclats de voix, des rires, de la musique. L'impression que Tanger ne dort jamais. Une odeur entêtante et sucrée de jasmin dans la douceur de la nuit. Avec une grâce désinvolte, Juan s'assied sur le fauteuil et pose bouteille et verre au sol. Il tourne la tête vers le minaret qui se dresse devant eux.

« Delacroix s'est assis ici pour le peindre.

– Pardon ?

– Delacroix, le peintre.

– Oui, je sais qui est Delacroix, mais comment…

– Tu n'as pas l'impression d'avoir déjà vu ce minaret ? Il en a fait un de ses plus beaux tableaux. Il l'a peint de cette terrasse, et tu ne peux pas partir avant d'avoir vu le lever du soleil. »

Il s'approche d'elle et glisse ses mains sous sa robe. Il empoigne ses fesses. Hannah sent aussitôt une onde de chaleur dans son ventre. Et le bout des doigts qui picotent. Elle l'embrasse à pleine bouche.

Quelques heures plus tard, elle se réveille. Ils sont emboîtés l'un dans l'autre. La voix du muezzin emplit l'air et elle assiste à la naissance du jour.

– 48 –

Après lui avoir envoyé le texto sur son nouveau téléphone, Nassim l'a appelée. Hannah a hésité à décrocher. Puis hésité à accepter son invitation. Ce type, elle s'en méfie désormais. Il a insisté, avec courtoisie, et Hannah s'est dit qu'elle ne risquait pas grand-chose sur la terrasse de l'hôtel où Juan devait les rejoindre. Sans ça, elle aurait refusé.

« Pour me faire pardonner. Je suis désolé, je ne sais pas ce qui m'a pris. S'il te plaît. »

Quand ils ont frappé à la porte, elle était dans la salle de bains et leur a crié d'entrer. Mais Nassim était seul.

« Il arrive, ne t'inquiète pas. On va prendre un verre en l'attendant. »

Soulagée, elle est rapidement sortie de la chambre.

Quelques minutes plus tard, alors qu'ils sont installés sur la terrasse face à la mer, Nassim étire ses jambes en soupirant d'aise devant les cocktails qu'on leur a servis.

« Ton téléphone te convient ? » demande-t-il avec un sourire enjôleur.

Hannah revoit aussitôt le Nassim de son cauchemar, et se cale au fond de son fauteuil.

« C'est toi qui l'as déposé dans ma chambre ? »

Il l'observe longuement avant de parler. Elle espère de toutes ses forces qu'il va répondre non. L'idée qu'il puisse être entré pendant son sommeil la déstabilise. S'il répond non, elle sera rassurée.

« Non, je l'ai fait porter. Il te plaît?

– À cause de toi, j'ai perdu mes contacts, mes photos, mes mails…

– Vraiment, je ne sais pas ce qui m'a pris… »

Il n'en pense pas un mot. Elle le voit, et se dit qu'il faut toujours se fier à ses premières impressions, surtout lorsqu'elles sont mauvaises.

« Ça t'arrive souvent d'agir sur un coup de sang?

– Je ne sais pas ce qui m'a pris.

– C'est un peu facile. »

Il la fixe un instant avant de répondre:

« Ce qui ne l'est pas, c'est de te dire à quel point tu es séduisante. »

Surprise, elle le dévisage. Se moque-t-il d'elle?

« Drôle de manière de draguer. Les grosses brutes, ce n'est pas mon truc.

– Écoute, je me suis excusé, qu'est-ce qu'il te faut de plus?

– J'ai du mal à te suivre. Tu agresses et tu dragues…

– C'est que tu me troubles. »

Ce type a vraiment réponse à tout, il en est d'autant plus inquiétant.

« Et sinon, Juan n'est pas censé être ton meilleur ami?

– Justement, on a toujours eu les mêmes goûts… Et depuis le dîner chez moi, je ne pense qu'à toi. »

Il pose sa main sur celle d'Hannah, qui la retire d'un geste brusque.

« Vous parliez de quoi hier, sur la plage? »

Une ombre passe dans le regard de Nassim.

– Je ne me souviens plus.

– Il était question de réseau et de livraison… »

Il la regarde, étonné.

« Un réseau ? Quel réseau ? »

Elle l'observe.

« C'est de la drogue, c'est ça ? »

Il éclate de rire.

« De la drogue ? »

Il n'arrête pas de rire, et Hannah commence à se sentir vexée. Il s'en rend compte et reprend son souffle.

« Nous, à la tête du cartel de Tanger, j'adore !

– C'est quoi alors ? s'énerve-t-elle.

– Une livraison de tableaux que j'attends pour la galerie. Des tableaux de Juan pour une expo que j'organise. Dommage, c'est moins spectaculaire que la poudre blanche…

– Et est-ce que tu vas enfin m'expliquer pourquoi tu as jeté mon téléphone ?

– Parce que j'ai cru que tu nous enregistrais », répond-il sans ciller.

Il dit la vérité, elle le sent. Mais elle ne comprend pas plus.

« Pourquoi veux-tu que je vous enregistre ? Et en quoi ça aurait été si grave ?

– En rien. Je suis un peu parano, c'est tout.

– Un peu ?

– Parano et entêté. »

Nassim pose une nouvelle fois sa main sur celle d'Hannah qui la retire.

« Arrête ça.

– Je ne te plais pas ?

– Non.

– Et Juan, si ? »

Elle ne répond pas.

« Il n'est pas assez bien pour toi.

– Tu n'as qu'à le lui dire, le voilà. »

Nassim se retourne, aperçoit Juan, et un sourire éclaire aussitôt son visage.

« Il ne manquait plus que toi ! Qu'est-ce que tu veux boire, mon pote ? »

Hannah est glacée par son sang-froid et sa duplicité.

– 49 –

Lorsque Hannah tente d'évoquer le comportement de Nassim sur la terrasse, Juan coupe court.

« Il est comme ça depuis qu'on est mômes, il veut ce que j'ai. Mais c'est un type formidable. Tu verras.

– Juan, il m'a draguée !

– Il ne peut pas s'en empêcher. C'est un séducteur. Il a besoin de plaire. Tout le temps. À tout le monde.

– Et tu trouves ça normal ?

– Normal ? On se fout de la normalité ! Nassim fonctionne comme ça, c'est tout. Je refuse de le juger. Il a des défauts comme nous tous. Mais c'est quelqu'un d'exceptionnel. Et j'aime les gens malgré eux, malgré leurs travers. Nassim et moi, on est des frères. Il a toujours été là pour moi. Il m'a aidé quand mon père m'a foutu dehors. Sans lui, je n'en serais pas là. »

Hannah n'insiste pas. Mais elle n'est pas pressée de le revoir.

Juan et elle ne se quittent plus. Elle passe toutes les nuits dans sa chambre au-dessus de la galerie, et elle est soulagée que Nassim soit absent. Juan lui a montré ses nouvelles toiles. Une partie de celles que Nassim lui réclame.

« L'expo a lieu dans trois mois. Tu reviendras. »

Est-ce une question ou une affirmation ? Sans lui laisser le temps d'y réfléchir, Juan la soulève du fauteuil et l'emporte à travers la pièce jusqu'au lit. Elle est toujours déconcertée par sa force physique. Hannah aime sa brusquerie. Cette faim qu'il a d'elle. Juan relève sa robe et mordille l'intérieur de ses cuisses. Il fait courir sa langue sur son ventre, sur ses tétons et le creux de son cou. Les poignets entravés par ses mains, elle le sent s'enfoncer en elle, et crie d'étonnement. Il lèche sa langue, aspire sa bouche, son souffle. Hannah se met à trembler. Personne ne l'a jamais aimée avec une telle ardeur, une telle voracité. De lui, elle adore tout. Surtout cette manière d'entrer en elle comme on saute dans le vide. La respiration de Juan devient saccadée, il murmure dans un souffle : « Je crois que je suis amoureux de toi ».

– 50 –

Juan s'est propulsé dans un monde parallèle, une vie en marge. En creux. Où il passe ses journées à compter. Le nombre de journées qu'il lui reste, le nombre d'heures avant le lever du jour, avant la nuit, avant la promenade, avant le parloir. Avant Hannah. Il est devenu comptable d'une existence rythmée par le tintement des clés, les repas, les émissions à la télévision, les engueulades entre détenus, les yoyos qu'on balance. Ces chaussettes gavées d'objets que les détenus jettent d'une fenêtre à l'autre, accrochées à des fils. À l'intérieur, de la drogue, des cigarettes, des portables, n'importe quoi, mais un lien qui brise cette solitude écrasante.

Un jour, se dit-il, mon corps va se morceler, s'émietter du manque de toi. Ce séjour aura blanchi ses cheveux jusqu'à l'os. Il est comme un vieux lion décharné. Hannah lui a dit que ça lui allait bien. L'ensemble tient encore, même s'il y a des moments où la pression est tellement forte que Juan redoute que la citadelle mentale qu'il érige jour après jour ne s'effondre. Un Sisyphe des barreaux, voilà ce qu'il est.

Il a parfois envie de lui dire que, quand on ne connaît pas la prison, on pense que le pire, c'est la violence ou la misère sexuelle, mais c'est faux. Le pire, c'est cette membrane qui se tisse peu à peu autour des corps, cette écorce qui durcit, les enveloppe et les isole de la chaleur humaine. Il n'en peut plus de ne pas sentir la tiédeur de la peau d'Hannah, de son haleine. Je ne dis pas que je n'ai pas envie de toi quand je te vois, pense-t-il, j'en crève, je ne pense qu'à ça. Mais ce que je désire plus que tout, c'est ta peau contre la mienne. Être touché, caressé. Redevenir un individu. Tout simplement.

– 51 –

Dans la chambre, au-dessus de la galerie de Nassim, leurs corps roulent dans l'obscurité, leurs bouches se confondent et se mordent. Juan enfouit son visage dans les cheveux d'Hannah, lui enserre les poignets, l'étreint avec force. Le souffle d'Hannah se fait court et Juan dévore ses seins, sa nuque. Ils s'aiment avec ferveur, puis restent longtemps enlacés. Hannah a envie de lui dire qu'elle a peur de la place qu'il a prise dans sa vie, qu'elle a peur qu'il la quitte, que leur histoire s'arrête. Parce que rien ne dure. Qu'autour d'elle, tout s'arrête toujours brusquement. Mais elle se tait parce qu'on lui a appris l'orgueil. Ne pas avouer pour ne pas avoir trop mal. Il embrasse les veines bleutées qui se dessinent sous la finesse de sa peau, et lui murmure, comme s'il devinait ses pensées, qu'avant elle, il pratiquait l'art de l'esquive, refusait de s'attacher. Mais qu'il a confiance en leur avenir. Qu'elle est celle qu'il attendait, celle qui lui ressemble. Qu'avec elle tout est différent. Elle pose sa tête sur son torse et s'endort, bercée par le martèlement régulier de son cœur. Juan se dégage lentement, et s'assoupit à son tour.

L'homme entre dans la chambre. Malgré l'obscurité, il distingue les deux silhouettes allongées. Il se penche, s'assied au bord du lit, près d'Hannah, et respire son parfum. S'enivre de son odeur, de ce corps qu'il rêve de posséder, de pénétrer, de soumettre. Du bout des doigts, il effleure son épaule, ses seins. Le souffle de la jeune femme est régulier, paisible. Elle dort profondément. Il a envie d'elle, le défi le grise. Mais si l'un des deux se réveille, comment justifier sa présence ? Il pose ses lèvres sur le ventre d'Hannah, remonte et prend un téton dans sa bouche. Le sent se tendre sous ses lèvres. Hannah tressaille. Elle gémit dans son sommeil. Il caresse sa peau de sa langue, glisse le long de son ventre. Et lentement, son visage entre ses cuisses, la désarme. Sa bouche plaquée contre elle, il la savoure, les mains, triomphantes, effleurent ses mamelons roses, dont il connaît à présent la fermeté. Il perçoit sa respiration haletante. Hannah se met à trembler et, les yeux toujours fermés, prononce le prénom de Juan. Exaspéré, il se recule. Elle lui échappe même dans le sommeil… Il se redresse et sort son téléphone de la poche arrière de son pantalon.

– 52 –

Hannah aime ces heures qui n'appartiennent qu'à elle, l'aube, ce temps suspendu au lever du jour. Elle descend à la cuisine se préparer un café. La maison est silencieuse, et la fraîcheur des dalles sous ses pieds, agréable. Cette sensation la ramène à son enfance, ce retour sur soi qui ne surgit que dans la solitude. En remontant l'escalier, sa tasse à la main, elle passe devant la chambre de Nassim. Pousse la porte d'en face. La pièce est plongée dans la pénombre. Juan dort encore. Elle le regarde attendrie, se penche au-dessus de lui et l'embrasse. Il marmonne dans son sommeil. Elle s'installe à ses côtés, étire ses jambes sur le drap. Son portable clignote sur la table de nuit. Elle a reçu un message. Une photo s'affiche. Une femme nue, allongée. Contre sa jambe droite, un drap froissé. Hannah regarde l'écran distraitement en buvant son café. Elle écoute la respiration lourde de Juan et tourne la tête vers son corps recouvert du drap. Ses yeux s'arrêtent sur ses propres jambes. Médusée, elle revient à la photo. La détaille. Reconnaît le drap, ses jambes. Ce corps nu… est le sien. À quel moment Juan l'a-t-il prise en photo ?

Elle vérifie l'expéditeur et tressaille. Son pouls s'accélère. Comment a-t-il osé entrer ? S'immiscer dans leur intimité ? Leurs corps nus offerts à sa perversité. Elle se sent trahie, salie. Tétanisée par cette menace qui rôde près d'elle. Qui sait ce qu'il a fait ? Et s'il avait posé ses mains sur elle ? Une amertume reflue vers sa bouche. S'il avait…

Non, elle l'aurait senti. Se serait réveillée. Elle remonte le drap sur son corps. Elle tremble. Elle l'imagine se faufiler sur la pointe des pieds, renifler comme un chien l'odeur de leurs peaux mélangées. Il faut être tordu pour avoir une idée pareille, pour prendre un tel risque. Et si Juan s'était réveillé ? Une sueur glacée glisse le long de son dos. Il lui fait peur. Elle se revoit passer devant sa chambre, persuadée de son absence. Juan lui avait dit qu'il était parti quelques jours. Dès ce soir, elle dormira à l'hôtel. Juan la rejoindra là-bas. Elle ne veut plus croiser Nassim. Qui sait de quoi ce type est capable. En attendant, elle supprime la photo et respire mieux. Ce qu'elle efface n'existe pas. Alors pourquoi les questions tambourinent-elles dans sa tête ? Est-ce la première fois qu'il vient les épier ? Elle repense au téléphone neuf trouvé dans sa chambre et a tout à coup la certitude que c'est lui qui est entré le lui déposer. Nouveau frisson. Nassim va et vient comme un fantôme dont on ne se débarrasse pas. Le monde lui appartient, Juan lui appartient. Et elle ? En la photographiant à son insu, il lui a dérobé quelque chose qu'elle ne parvient à définir. Elle se sent écorchée par son intrusion malsaine. Mais pourquoi le lui avouer ? Pourquoi lui envoyer une preuve de son agression ? Chaque instant de la nuit défile sous ses yeux. À quel moment s'est-il approché ? Qu'a-t-il vu ?

Elle sent de nouveau cette chaleur diffuse dans son ventre. Au creux de ses reins. Ce souffle sur sa peau, entre ses cuisses. Cette présence au-dessus d'elle. Non, c'était un rêve. Un simple rêve. Il n'aurait jamais poussé la perfidie aussi loin. Mais cette photo sur son écran… Elle lâche le téléphone qui tombe avec un bruit sourd sur le tapis. L'incertitude la meurtrit. Elle se sent coupable d'une faute qu'elle n'a pas commise. Il faut qu'elle parle à Nassim, qu'elle sache. Mais pour lui dire quoi ? Comment l'affronter sans être certaine ? Elle l'entend déjà répliquer : *Je ne t'ai pas forcée. Tu t'es laissé faire et tu as aimé*. L'idée même que son corps ait pu répondre à ses caresses la révulse. Elle est pétrifiée par le doute. Il est rentré dans la chambre, la photo en atteste. Le reste n'est que conjectures. Qu'aurait-il fait si elle s'était réveillée ? Si Juan avait ouvert les yeux ? Elle comprend que Nassim l'a coincée. Il a instauré ce secret entre eux et l'a mise dans une situation où elle ne peut que se taire.

– 53 –

Juan, un menteur ? Mais tout le monde ment. Tout le temps. Pour des bêtises. Par jeu ou par omission. Par facilité. Comme lorsqu'elle a cessé de parler de la porte au fond de l'atelier. Celle dont il lui refusait l'accès. Mais Hannah ne voulait pas être comme ces suspicieux qui ne croient rien et fouillent partout. Alors, elle avait décidé d'oublier cette histoire de clé. Elle tenait trop à Juan pour risquer de tout gâcher. La peur qu'il la quitte. Qu'il disparaisse. Ce tenace syndrome de l'abandon dont elle souffrait depuis la mort de ses parents. Elle avait mis des années à tenter de s'en défaire, pensait y être parvenue. Encore une chose sur laquelle elle se trompait.

Une nuit, en rentrant tard d'un concert, elle avait trouvé le jean de Juan sur le carrelage de la salle de bains. Tandis qu'elle le prenait pour le ranger, quelque chose en était tombé. La clé, au sol, sous ses yeux. Elle aurait pu la remettre dans la poche, faire comme si elle ne l'avait pas vue. Elle aurait pu. Mais cette clé qui l'avait obnubilée s'offrait à elle, et la curiosité l'avait emporté.

Elle avait traversé l'appartement sur la pointe des pieds pour ne pas réveiller Juan, avait doucement refermé la porte derrière elle. Puis elle avait dévalé l'escalier et s'était dirigée vers l'atelier au fond de la cour. Hannah avait alors découvert ce qu'elle cherchait sans savoir qu'elle le cherchait. Juan, enchanteur du quotidien, Juan, conteur de génie. *Derrière le mensonge, il y a encore le mensonge.* Juan, qui joue avec la vérité comme un jongleur avec des balles. *C'est comme une seconde peau.* Elles rebondissent, et parfois disparaissent. Juan qui lui a tout offert sauf la vérité. Et c'est cela qu'elle regrette, la perte de ce qui aurait pu être. Juan et ses secrets.

Comment ai-je fait pour ne rien discerner de ses mensonges ? Cette question la taraude. Il y avait eu des indices, mais elle avait détourné le regard. Et peu à peu, les mensonges avaient été engloutis dans des strates et des strates de quotidien, d'anecdotique. Remisés derrière une porte.

– 54 –

Juan est couché sur son lit. La lumière orangée qui filtre de la meurtrière en haut du mur l'exaspère. Il ne s'habitue pas à cette luminosité constante. Ils ont beau accrocher des serviettes, ils n'obtiennent jamais d'obscurité. C'est sans doute mieux, se dit-il. S'endormir, c'est rêver, et rêver, c'est être à l'extérieur. Et avoir le choix. Ici, Juan ne sait plus ce que ce mot signifie. Il n'a qu'une alternative, vivre ou mourir. Une vie l'attend dehors, Hannah le lui répète à chacune de ses visites. Elle n'a pas raté un parloir. C'est un signe, non ? Il a su le jour où il l'a rencontrée qu'elle serait la dernière, l'unique, celle avec laquelle il ferait et finirait sa vie. Une des rares certitudes à laquelle il s'accroche. Sans elle, il se serait déjà foutu en l'air. Elle est son pivot, son espoir, son avenir qu'il rejoint dans ses songes. Mais quand il ouvre les yeux, il étouffe dans cette cellule. Ses réveils sont nombreux. Surtout avec la télévision allumée. Il a négocié avec ses codétenus qu'ils baissent le son, mais le grésillement continu cisaille ses tympans. Depuis quand n'a-t-il pas dormi une nuit entière ? Sous sa couverture, il tente de s'abstraire de la réalité, mais n'y parvient plus. Elle est trop lourde, trop collante. L'ennui pousse dans son esprit comme une mauvaise herbe, et la peur de ne plus supporter cet exil du monde lui grignote le ventre.

Une vibration contre sa jambe. Son portable est sous la couverture, c'est interdit ici. Officiellement. Officieusement, tous en possèdent un, et tous le planquent. Les surveillants ferment les yeux. Juan l'attrape. Il a reçu un message. Il l'ouvre et Hannah remplit tout l'écran. Son corps nu comme un mirage. Hannah, dont il peut sentir le velouté de la peau, Hannah qui s'offre, alanguie. Il ne comprend pas. Elle ne lui a jamais envoyé ce genre de photos. Comment a-t-elle pu se photographier elle-même ? La bile lui monte à la bouche. Sa gorge se noue. Qui a pris le cliché ? Qui le lui envoie ? Il regarde le numéro. Ne le connaît pas. Il se redresse. Est-ce un jeu ? A-t-elle changé de numéro ? Elle le lui aurait dit… Le poison de la jalousie dans ses veines. Devant qui s'exhibe-t-elle ainsi ? Hannah dont la pureté l'émerveille, Hannah qui ne lui a jamais menti, Hannah soudain vénale, son corps vénéré soudain vicié, avili. Un deuxième message arrive. Quatre mots sur son écran. Quatre mots qui le glacent. *Je pense à toi.* Le numéro… Il suffit qu'il le compose et il saura. Il retient son souffle en appuyant sur la touche. La sonnerie résonne dans le vide, puis la voix enregistrée sur le répondeur se déclenche. C'est le pire qui pouvait lui arriver. Il a l'impression de mourir.

– 55 –

Hannah aime cette sensation qui la saisit lorsqu'elle est allongée. Cette impression de flotter, de tourner doucement sur elle-même. Ses pensées aussi tourbillonnent. Elle ferme les yeux, et se retrouve sur la terrasse à Tanger. Autour d'elle, le parfum entêtant du jasmin et la voix de Juan. *Tu ne t'es jamais dit que le vrai bonheur, c'est celui qui nous déloge de nous-mêmes ?* Elle est tombée amoureuse de lui à cet instant. Elle en est persuadée. Cet instant de grâce où l'histoire en devient une. Prend sens. *C'est lors de ces moments de détachement que surgissent les tournants de nos vies.*

Nos vies ? La sensation de tourner s'accélère. La vie d'avant ? Ponctuée d'histoires d'amour qui finissaient par s'éteindre par lassitude, manque de désir, envie d'ailleurs ? Celles de Juan à travers ses tableaux ? Ou avant ses tableaux ?

Elle pense aux parents de Juan. À Hortense, majestueuse et cultivée, l'incarnation même de l'élégance, et à sa courtoisie de façade. À Carlos et à son mépris de caste doublé d'antisémitisme. Elle ne les a vus qu'une seule fois, mais dès la première minute, Carlos lui avait fait penser au loup de Prokofiev qui lui faisait tellement peur, enfant. Elle pense aussitôt à Samuel. À ce qu'il leur avait dit lorsqu'ils avaient interprété ce conte. *Si vous n'entendez pas votre voisin de pupitre, c'est que vous jouez trop fort.* Le jeu d'ensemble, le seul qui compte. L'harmonie. Il n'y en a aucune dans la famille de

Juan. Elle l'a vite compris. Elle, l'intrigante, la musicienne fantasque et bohème. Elle se souvient encore du silence au bout du téléphone quand elle les a appelés pour les prévenir de l'arrestation de leur fils. Un silence éloquent. De la déception, ils passaient au reniement. Comme disait Nassim, *rien ne complique autant l'existence que les certitudes. Croire que tout est définitif, figé. On perd du temps à se reprocher nos erreurs, au lieu de simplement repartir pour une nouvelle vie.* Cette obsession du rebond, de la deuxième chance. Juan en a-t-il une ? Nos vies ? Celle sans Juan lui fait horreur.

– 56 –

Elle aperçoit Sofia au milieu d'un groupe de femmes. Elle hésite, puis s'approche. Sofia pousse un cri de joie.

« Je suis trop contente de te voir ! Ça va ?

– Ça va. J'ai votre…

– Les filles, je vous présente… C'est quoi ton prénom ?

– Hannah.

– Bonjour, Hannah !

– Attends, bouge pas, on va se trouver un endroit tranquille pour papoter. »

Elle l'entraîne vers deux chaises en plastique.

« Ça s'est bien passé la semaine dernière ? Moi, c'était top. Heureusement ! On rentabilise ce fichu temps pour venir. Mon homme n'avait pas trop le moral, mais j'ai su lui remonter ! Cela dit, j'ai dû mettre le paquet parce qu'à côté de nous un couple s'engueulait, c'était terrible. Le type arrêtait pas de l'accuser de faire des tas de trucs à l'extérieur alors que lui, il est coincé là. La fille pleurait comme une madeleine. Franchement, elle m'a fait pitié. »

Hannah ouvre son sac et sort le miroir.

« Tenez, vous…

– Ah non, on se tutoie !

– Tu as oublié ton miroir la dernière fois.

– Ah merci. Je l'ai cherché partout ! En tout cas, toi, tu as meilleure mine cette semaine. C'est bien », dit-elle en lui tapotant la cuisse.

Hannah se raidit, ne commente pas. Elle est reconnaissante à Sofia de sa bonne humeur et de ce rendez-vous improvisé. C'est la première fois qu'elle vient le cœur un peu plus léger.

« Je sais pas pour toi, mais moi, c'est comme si j'étais aussi en prison. Je m'interdis plein de trucs. Je trouve ça pas juste pour lui. »

L'image de Marco la traverse. Elle la chasse d'un battement de paupières.

« Il est condamné, le tien ?

– Oui.

– J'en étais sûre ! C'est pour ça que tu ne viens qu'une fois par semaine. C'est ce que j'ai dit aux filles ! Il a fait quoi ? »

Hannah plisse les lèvres.

« T'inquiète, va. Je sais ce que c'est. L'angoisse quand faut raconter, la honte et le regard des autres qui change. Tiens, tu vois la fille là-bas, elle dit à tout le monde que son mec est parti aux États-Unis ! Tu le crois ? Moi, j'ai dit la vérité à mes proches. Je préfère. Et puis, je me sens plus entourée. Des fois, franchement, c'est dur. »

Elle se tait un instant, puis attrape la main d'Hannah.

« Je suis contente que tu baisses les armes. Tu sais, ça me fait vraiment plaisir. »

Hannah lui sourit.

« Et quand tu auras envie de parler, je serai là. Allez, à jeudi prochain, beauté ! »

– 57 –

Quatre mots sur son écran. Quatre mots qui le glacent. *Je pense à toi.* Nassim, son ami, son presque frère, son traître. Nassim, qu'il a cru tuer. Il se repasse chaque détail de la scène avec une précision cruelle. L'atelier inondé de lumière, à travers les deux Velux, qui se reflète dans la bouteille de vodka que Nassim a apportée. Pour trinquer à cette fin de partie. À ce changement de vie. Ce qu'ils vont faire après ? Juan va continuer à peindre, mais seulement pour lui. Nassim, se lancer dans les affaires. Lesquelles ? Il l'ignore encore. Juan se revoit rincer deux verres dans l'évier et entend résonner leurs rires. La bouteille qui se vide dans les souvenirs, et sa tête qui commence à tourner.

« Tu te souviens des fausses photos dédicacées des Rita Mitsouko qu'on avait vendues devant les arènes ? demande Nassim.

– Qu'est-ce que j'avais eu la trouille ce jour-là ! » répond Juan.

Nassim a un petit rire qu'il accompagne d'une tape amicale dans le dos de Juan.

« T'aurais vu ta tête ! T'avais la même quand il fallait sauter des rochers. Tu sais, ceux près de la corniche. Mais la pire que t'aies faite, c'est quand je t'ai défié de piquer la voiture de ton père ! »

Son sourire de dédain écorche Juan. Autrefois, il relevait tous les défis que lui lançait son ami, tous sauf celui-là. Pas après l'accident qu'il avait vu en revenant d'Asilah avec ses parents. Une voiture retournée sur le bas-côté. Du conducteur, on ne distinguait plus qu'une silhouette recouverte d'un drap blanc sur un brancard.

« Nassim, on avait quinze ans ! On ne savait même pas conduire… »

Il a longtemps repensé à cette scène. Et il s'est toujours dit que le type sur le brancard lui avait sauvé la vie.

« Arrête, même maintenant, tu aurais la trouille ! rétorque Nassim en remplissant leurs verres. De pas y arriver, de trop bien y arriver, ou qu'on se fasse coincer alors que c'est moi qui prends tous les risques ! »

L'injustice des propos le frappe de plein fouet.

« T'es gonflé, sans mes tableaux, tu n'irais pas bien loin. »

Nassim siffle son verre d'une traite avant de lancer, enjoué :

– Bon, tu me les montres, ces chefs-d'œuvre ? »

Juan le revoit tendre la main pour attraper la première toile, qu'il examine à peine. Prendre la seconde sans s'y attarder davantage. Puis le frôler d'un coup d'œil dubitatif.

« Qu'est-ce qu'il y a ? s'inquiète Juan devant la drôle de moue de Nassim.

– Rien. »

Juan ne le quitte pas des yeux. Rien ne lui importe plus, tout à coup, que le verdict de Nassim. Il va lui dire qu'elles sont mieux que les précédentes. Il va le féliciter, peut-être même lui en réclamer d'autres, et Juan se paiera alors le luxe de faire semblant d'hésiter avant de refuser. Oui, Nassim va louer son talent. Toutes ces heures passées à travailler dessus. Il le mérite. Oui, Nassim joue avec ses nerfs, comme lorsqu'ils étaient mômes. Il va exploser de rire comme d'habitude, lui donner une nouvelle tape dans le dos en lançant un « bravo, mon pote » sonore. Mais le silence devient de plus en plus compact, et Juan, de plus en plus inquiet.

« C'est tout ? finit-il par demander.

– Bah, ça ne dégage rien. Enfin si, une absence d'âme. »

Juan a un haut-le-cœur.

« Le prends pas mal, mon pote, mais ça fait un moment que c'est moins bon, ce que tu fais. »

Juan sent des gouttes d'acide se distiller dans ses veines.

« C'est comme si tu avais perdu la grâce, continue Nassim sans sembler remarquer son énervement.

– La grâce ? Parce que tu crois qu'il faut de la grâce pour peindre ? »

Nassim étire ses jambes et penche la tête en arrière, observe un instant le ciel à travers le Velux, puis revient face au peintre.

« Ce n'est pas ta technique que je remets en cause, non, elle est irréprochable. Ce n'est pas ça, mais depuis que tu es ici avec Hannah, tu bosses moins bien. »

Juan pose les toiles sur la table, prend une profonde inspiration pour maîtriser ses émotions avant de se tourner vers lui.

« Laisse Hannah en dehors de ça. »

Nassim se lève.

« Et puis qu'est-ce que tu veux, je dois tenir compte de la demande », rétorque-t-il en arpentant de long en large l'atelier.

Juan l'observe, sonné. A-t-il été moins appliqué ces derniers temps ?

« Ça ne t'a pas empêché de vendre mon travail, à ce que je sache, répond-il avec une fausse assurance.

– Mets-toi à leur place. On ne va pas reprocher au type qui achète un Chagall de vouloir un Chagall, et pas une… »

Est-il saoul ? Est-ce l'alcool qui le rend mauvais ou qui libère sa parole ? Juan se raccroche à la première hypothèse. Jamais Nassim n'a usé de ce ton suffisant et paternaliste avec lui. Il le pousse à la provocation, l'incite à réagir violemment. Il ne faut pas entrer dans son jeu. Ne surtout pas glisser une pièce qui relancerait la machine. Mais Juan, piqué, ne peut s'empêcher de demander :

« Une quoi ? »

Nassim rote avant de répondre :

« Juan, on va quand même pas leur reprocher d'être exigeants ? »

Juan encaisse le choc. L'alcool embrume son esprit. Il ne comprend pas. Ces toiles, il les a exécutées avec la même précision, la même passion que les précédentes. Toutes ses certitudes s'écroulent d'un coup.

« Allez, mon pote, dit Nassim en lui donnant une accolade, Arrête de t'apitoyer sur ton sort, et remets-toi au boulot. »

Juan se dégage d'un mouvement brusque. Son corps se vide de son sang. Cette condescendance lui rappelle celle de son père. Il se redresse, plante son regard dans celui de son ami et lâche :

« File-moi le fric que tu me dois et fous le camp. »

La colère monte en lui, il faut la contenir, la dompter. Rire aigre de Nassim.

« Barre-toi, Nassim. Barre-toi, maintenant. »

Une envie de le frapper comme une décharge électrique.

« Sinon quoi ? Sans moi, tu n'existes pas. Sans moi, tu ne serais rien. C'est pas tes toiles qui vont te faire vivre ! »

Juan serre les poings à se faire blanchir les articulations.

« Je me suis toujours demandé ce qu'Hannah te trouve… T'es qu'un peintre raté. »

Juan se jette sur lui et son poing percute la mâchoire de Nassim. Ce dernier bascule sous l'impact et tombe à la renverse. Sa tête heurte le rebord du tabouret. Juan perçoit encore le bruit de sa chute, puis le silence. Hagard, les bras ballants, il se fige devant Nassim au sol. Dans ses tympans, le martèlement furieux de son cœur. Et soudain cette sueur glacée qui perce la racine de ses cheveux quand il aperçoit la première traînée de sang sous le crâne de Nassim.

Il hurle son prénom. Une première fois. Une seconde. Aucune réaction. Affolé, il porte ses mains tremblantes à son visage. Se penche sur le corps, cherche le pouls. Il tâte la poche arrière de son jean en quête de son portable. Se souvient qu'il l'a laissé branché dans la cuisine. Se précipite hors de l'atelier. Traverse la cour, grimpe les étages et se rue dans l'appartement. Il arrache le portable de la prise et appelle les pompiers.

Le pire, songe Juan, ce n'était pas la vision du corps au sol. Ni cette coulée de sang. Non.

Quand Juan revient dans l'atelier, il est frappé de stupeur. Nassim n'est plus là. Il s'est volatilisé. Ne subsiste que cette tache sombre sur les dalles. Symbole d'une amitié fracassée. Du sang en train de sécher et le goût amer du ressentiment. Ce qui vient de se jouer est bien plus grave qu'une sortie de route alcoolisée entre deux amis. Le mal est plus profond. Abyssal. Juan a compris que Nassim a pensé, pesé, chacun de ses mots. Qu'il l'a fait exprès.

La perquisition a lieu le lendemain. Étonnante coïncidence. Les flics sont bien informés. Ils savent où chercher et ce qu'ils vont trouver. Nassim ne lui a laissé aucune échappatoire. Juan saisit la seule branche qu'on lui tend alors qu'il se tient au bord du gouffre et qu'il va déraper. Il parle. Il donne toutes les informations dont il dispose. Il ne peut s'empêcher d'admirer le talent de Nassim, sa vélocité pour ouvrir la cache, piquer l'argent en ne laissant derrière lui que les tableaux, preuve intangible qui condamne Juan. Il a bafoué leur amitié et l'a entraîné vers le fond comme le plus puissant des courants marins. Juan coule à cause de lui. À cause de ce garçon qu'il a tant aimé enfant, tant admiré adolescent. Nassim, qui l'a ébloui par sa créativité d'arnaqueur-né. Et qui est parvenu à effacer ses traces comme son héros, D. B. Cooper. Nassim est son reflet inversé. Le faux frère, celui qui, dévoré par la jalousie, poignarde dans le dos. Nassim dont il a envié la vie, les parents, la liberté qu'ils lui laissaient. Nassim qui l'a dénoncé. Nassim qui depuis s'est glissé dans toutes ses pensées, ses cauchemars. Son ombre l'enserre, et pourtant Nassim n'est nulle part. *Je pense à toi.* Ces quatre mots et une photo d'Hannah nue. Nassim qui le défie une dernière fois. Nassim qui le connaît aussi bien que lui-même et qui sait qu'il vient de l'achever.

– 58 –

Samuel s'agite devant eux comme un vieux corbeau noir. Sa veste sombre flotte autour de son corps maigre, son dos voûté, ses yeux caverneux. Chaque répétition est une course de fond. Il ne reste plus qu'une demi-heure et il semble à bout. Les musiciens aussi.

« Visualisez le décor, bon sang ! Oubliez les nymphes et les naïades, concentrez-vous sur le faune, son sommeil enivrant. Imaginez cet être libidineux qui ne peut pas assouvir son désir ! Sentez sa frustration. »

Il les pointe de sa baguette.

« Le faune, c'est vous, c'est moi, c'est le créateur ! Et c'est aussi l'impuissance ! »

Un sourire énigmatique se dessine sur ses lèvres.

« Certains maîtrisent le sujet ? »

Quelques rires dans la salle.

« Allez, on reprend. Perdez-moi ! Montrez-moi à quel point Debussy joue avec notre mémoire. À chacun de ses retours, il modifie le thème principal. Pourquoi ? Parce que nos souvenirs ne sont pas figés. Rien ne l'est. Nous sommes des êtres de mouvement. Allez ! »

La musique s'élève, légère, cristalline, lumineuse comme le souffle d'un ruisseau. Hannah se laisse emporter par ce murmure qui monte, s'épaissit, devient majestueux avant de se perdre, de se ranimer d'une langueur rauque. Et son ventre se creuse. Cette sensation la cisaille. Elle ne se reconnaît plus. Elle crève de chagrin. Elle ferait n'importe quoi pour se sentir vivante, vibrante, rien qu'un instant. Les notes scintillent, minérales, éclatent dans un chant d'une pureté transparente. Ces bouffées de désir pour Marco ou pour un autre. Pour n'importe qui. Pour tous ceux qu'elle ne peut plus avoir. Juan lui manque. Elle ne supporte plus cette distance entre eux, ces heures vides qui s'étirent. Hannah grelotte. Elle rêve d'une peau contre la sienne. Elle a peur d'elle-même, peur de ses regrets. Marco et sa beauté animale. Juan et son amour incandescent. Juan et sa folie, Juan et Nassim… Le murmure du faune s'embrase, enfle dans les airs, crépite et tonne. Debussy s'est trompé, se dit-elle. Nos souvenirs sont figés. Les miens sont plongés dans du formol. Fragments immuables et effrayants. Il lui aura fallu attendre d'avoir trente-neuf ans pour prendre conscience de la brutalité du monde qui l'entoure. Combien de passages à l'acte pour admettre sa sauvagerie ? Si seulement elle parvenait à chasser la scène dans la chambre de son esprit. Elle se répète qu'elle n'a pas voulu ce qui est arrivé, qu'elle n'a rien provoqué. Elle souhaiterait plus que tout rembobiner le fil des événements, et en modifier le cours. Juan serait à ses côtés, et Nassim, à Tanger. Les notes explosent avant de s'iriser dans un chuchotement. Hannah souhaiterait se pétrifier peu à peu comme un étang sous le froid, tout oublier, ne plus rien ressentir. La silhouette du faune se faufile sous ses paupières, un sybarite sensuel. *Le faune, c'est vous, c'est moi.* Non, Samuel a tort. Le faune, c'est l'homme. Celui qui lui fait tellement envie et dont elle a si peur.

– 59 –

« Qu'est-ce que t'as, beauté ?

– On ne m'a pas laissée entrer.

– T'étais en retard, c'est ça ? »

Hannah fond en larmes.

« Bande d'enfoirés ! » lance Sofia, ulcérée.

La prison, ses angoisses, la nuit dans son lit froid, cette vie de misère. Hannah va craquer. Sofia la plaque contre sa grosse poitrine.

« T'inquiète, ma poulette. La semaine prochaine, tu pourras le retrouver, ton chéri. Une semaine, ça passe vite. »

Elle lui frotte le dos.

« Il aura encore plus envie de te voir ! »

Hannah sanglote sans pouvoir s'arrêter. Ce qu'elle redoutait arrive. Un déferlement impossible à endiguer.

« Chut, calme-toi, ma jolie, calme-toi. Tout va s'arranger. Tout finit toujours par s'arranger. »

Hannah a l'impression d'être engloutie par les événements. De les subir de plein fouet. Son existence lui échappe, elle regrette ses choix, sa légèreté, tout ce qu'elle était. Dans ces moments-là, elle déteste Juan. Se reproche d'être tombée amoureuse de lui, d'être si naïve. Mais c'est faux, celui qu'elle déteste, c'est Nassim. C'est lui le coupable.

Sofia lui tapote le dos doucement, puis s'écarte et lance d'une voix forte :

« Les filles ! On a une urgence. »

En quelques secondes, Hannah se retrouve entourée de toutes ces femmes auxquelles elle n'a jamais adressé la parole. Ces femmes qui lui caressent le bras, lui chuchotent des mots apaisants, la cajolent. Lui glissent un gobelet de café entre les mains. Une vague solidaire, bienveillante. Hannah les voit rapprocher les chaises pour s'installer à ses côtés. Elles sont une vingtaine. Depuis quand n'a-t-elle pas été consolée ? 36 mois. 1 095 jours. Compter lui donne l'impression illusoire de maîtriser les aspérités, les accrocs de sa vie. Dans les bras de ces compagnes de galère, dans leur chaleur, son premier réflexe est de compter encore. Combien de temps cette douceur peut-elle durer ? Comment l'étirer ? Faire en sorte que ces femmes restent à ses côtés quelques minutes encore ? Auprès d'elles, Hannah prend conscience qu'elle est aussi esseulée que Juan, aussi enfermée que lui.

Une voix râpeuse s'élève de l'assemblée. Hannah lève la tête. Une femme, les yeux clos, dodeline de la tête. Ses cheveux épais flottent sur ses épaules. Son corps ondule au fil d'une mélopée bouleversante. Une prière ensorcelante lacée de mots inconnus de pays lointains, imprégnés de soleil et de lumière crue, de parfum de vanille et de jasmin, des mots qui bruissent comme les palmes sous le vent, des mots à l'ombre des flamboyants et des goyaviers, qui susurrent l'empreinte du temps laissée dans les plis de l'âme. Cette femme au corps épais est sublime dans son vieux jean, reine en ce royaume. Le chant réchauffe Hannah, inonde son cœur d'une douce tiédeur. Hannah se lève et l'embrasse. Les embrasse les unes après les autres, ses sœurs de malheur qu'elle a si injustement dédaignées.

– 60 –

« Qu'est-ce que tu as fait de ta semaine ? » demande Juan.

Il a un éclat inhabituel dans le regard.

« Comme d'habitude, répond Hannah, un peu surprise. J'ai répété avec l'orchestre, ou à la maison. Que veux-tu que je fasse d'autre ?

– Tu ne sors pas ?

– Non.

– Jamais ? »

Il scrute les palpitations de sa peau, la moindre réaction physique. Un indice du mensonge. Elle pense à Marco et se raidit. Elle se dit que ses actes la définissent, ses faiblesses aussi.

« Très peu. Pourquoi tu me poses toutes ces questions ?

– Pour mieux imaginer ta vie à l'extérieur d'ici.

– Juan, tu la connais, ma vie. Tu connais mes journées, les répétitions, les concerts.

– Tu vois quelqu'un ?

– Un psy ? demande-t-elle, interloquée. Je te l'aurais dit…

– Mais non, un mec.

– Un mec ? Mais t'es fou. Bien sûr que non. »

Juan la dévisage.

« *Il* m'a envoyé un texto. »

Un silence.

Nassim. Il s'agit forcément de Nassim. Nassim dont ils n'ont pas besoin de prononcer le prénom. Il plane sur leur histoire depuis le début.

« Il te dit quoi ? »

Il l'observe sans répondre avant de demander d'un ton plus sec qu'il ne le voudrait.

« Tu l'as revu quand ? »

Elle le regarde sans comprendre. Nassim a disparu depuis plus de deux ans. Depuis l'incarcération de Juan.

« La dernière fois, Juan, je l'ai croisé à l'atelier, avec toi. C'était un mois avant la perquisition. »

La mâchoire de Juan se crispe. Le dédain de Nassim, son rire moqueur qui résonne encore dans ses oreilles. *Je me suis toujours demandé ce qu'elle te trouve… T'es qu'un peintre raté.* La photo d'Hannah nue. Chaque détail, chaque pli du drap autour de son corps s'est gravé sur sa rétine. Et ces quatre mots qui le rendent fou. *Je pense à toi.* Hannah le dévisage, incrédule. Que se passe-t-il ? De quoi parle-t-il ? Qu'essaie-t-il de lui faire dire ? Juan part d'un rire moqueur, puis se penche si brusquement vers elle qu'elle sursaute. Il baisse la voix :

« Alors dis-moi pourquoi il a une photo de toi, nue sur son lit ? »

Effarée, elle en reste sans voix. Le sang quitte son visage. L'espace d'une seconde, ce sont les traits de Carlos qu'elle aperçoit. La voix de Carlos qu'elle entend. Ce ton faussement doux, ce regard inquisiteur.

« Comment tu as pu coucher avec lui ? »

Il tremble de colère, d'épuisement. Elle est incapable de se défendre. Saisie à la gorge par un flot de haine.

« Je n'y arriverai pas, Hannah. Je ne tiendrai pas. »

Il passe ses mains sur son front, ses cheveux. Il est défait. Depuis deux ans, il attend chaque semaine ses visites. De longues heures de détresse, d'épreuves que seule sa présence apaise. Et pour la première fois, il redoute la force des émotions qu'elle lui inspire.

« Tu ne te rends pas compte. Si je ne t'ai plus, je ne peux pas continuer. Si tu pars avec lui, je suis foutu. Je n'en peux plus.

– Tu ne vois donc pas ce qu'il est en train de faire ? »

Surpris par l'âpreté de sa voix, Juan lève les yeux vers elle.

« Ce type est pourri jusqu'à la moelle. Il t'a dénoncé, c'est à cause de lui que tu es ici, et maintenant il joue avec toi. Il joue, Juan, avec toute la perversité dont il est capable. Il joue à te faire mal, à te faire douter de nous.

– Et la photo, je l'ai inventée peut-être ?

– Elle a été prise à Tanger, l'été de notre rencontre. »

Juan devient livide.

« À Tanger…

– J'étais avec toi. Dans ta chambre. On dormait et il est entré. »

Elle pose sa main sur la sienne. Il la retire brusquement.

« Comment tu le sais ?

– Il me l'a envoyée le lendemain. Tu ne vois pas que depuis le début, il essaie de te détruire ? De détruire ce qu'il y a entre nous ? »

Elle attrape ses poignets.

« Je ne t'ai jamais trompé. Ni avec Nassim ni avec aucun autre. Il n'y a que toi, et il n'y aura jamais que toi. »

La scène passe et repasse derrière ses paupières closes. Le corps qui bascule en arrière, qui tombe au sol. La tête qui heurte le tabouret. Le sang. Les dalles. Cette tache sur les dalles. Une empreinte de sang, c'est tout ce que Nassim a laissé derrière lui. Comme une malédiction. Un appel au châtiment. Juan ne cesse de regarder en arrière et d'y déceler des présages, des signes, des messages qu'il n'a pas su déchiffrer. Il vit à travers les symboles. Juan croit au mauvais sort, la profonde sensibilité mystique de sa mère l'a abreuvé. Une mère si superstitieuse qu'elle a réussi à retarder son accouchement pour que son fils ne naisse pas un mardi 13. *En martes 13 ni te cases ni te embarques, ni de tu casa te apartes.* Ce dicton espagnol, il l'entend encore résonner dans les murs de l'appartement familial. Oui, le mauvais sort est partout. Dans une assiette ébréchée, dans la salière que l'on passe de la main à la main, dans une date. Il est convaincu que son destin a été tracé sous de mauvais augures. On ne défie pas impunément le diable.

« Et s'il t'appelait ? demande-t-il à Hannah. S'il te demandait de partir avec lui ?

– Alors je le tuerai. »

Un éclat féroce traverse ses pupilles. Un éclat qui rassure Juan et l'inquiète à la fois. Cette familiarité entre eux. Cette violence contenue qu'il avait sentie dès qu'il l'avait rencontrée à Tanger. Cette violence tapie derrière une tristesse insondable. Il avale sa salive, reprend son souffle. Cette malédiction doit cesser.

– 61 –

À l'extérieur de la prison, Hannah vacille. Un nouveau crash vient de se produire dans sa vie. Elle renoue avec cette sensation d'extrême vulnérabilité et d'impuissance qu'elle avait ressentie à la mort de sa grand-mère. Cette béance insoutenable.

La mort de Guitta l'avait propulsée dans un univers parallèle, un univers qui ressemblait au sien, mais dans lequel elle se sentait détachée d'elle-même. L'impression d'être invisible à ceux qui ne vivaient pas le même supplice. Son rapport au monde avait changé. Elle n'évoluait plus dans la même réalité qu'autrefois. Le jour de sa mort, elle avait eu une intuition. Elle avait tenté de joindre sa grand-mère au téléphone à chacune des pauses pendant les répétitions, et avait fini par appeler la voisine. Lui avait fait part de son inquiétude. Avait-elle encore la clé ? *Oui.* Pouvait-elle la rappeler dès qu'elle serait là-bas ? *Oui, bien sûr.* Quelques minutes plus tard, affolée, la voisine avait rappelé. Et Hannah l'avait écoutée, sans surprise, lui annoncer qu'elle avait trouvé Guitta dans son lit. Que les pompiers étaient en route. Elle avait aussitôt quitté la répétition. *Votre grand-mère a eu la plus belle des morts,* avait commenté le pompier en lui serrant la main. Hannah, sous le choc, avait acquiescé. Elle avait signé les documents, contacté les pompes funèbres, elle s'était occupée de tout.

Cette douleur, elle la reconnaissait. Comment aurait-elle pu l'oublier ? L'année de ses huit ans, tout s'était écroulé avec la perte de ses parents. La tête enfouie dans le cou de sa grand-mère, elle déversait des torrents de larmes jusqu'à sombrer d'épuisement. Guitta, qui se balançait d'avant en arrière en gémissant, lui avait dit, dans un souffle, *tu t'en remettras, ma petite chérie, toi, tu t'en remettras*. Mais Hannah refusait de s'en remettre. L'année de ses quatorze ans, la douleur était revenue comme la vague se fracasse contre les rochers. Avec la mort de Simon, le peu d'insouciance qui lui restait venait de s'envoler. Elle se revoit près de sa grand-mère, assise sur une chaise, terrassée par le chagrin. Sa grand-mère qui pleurait cet homme avec lequel elle s'étant tant disputée, cet homme qu'elle avait si mal aimé et dont elle ne supportait pas la perte. Combien de temps Hannah était-elle restée agenouillée auprès de Guitta, la serrant dans ses bras sans oser changer de position, le corps secoué de sanglots ? Hannah se souvient de cette sensation d'ankylose, et de cette pensée qui tournait en boucle. Si elle relâchait son étreinte, Guitta serait écrasée par le désespoir. Hannah lui parlait à voix basse, lui insufflant sa force. Ensemble, elles tisseraient une autre vie, le chagrin finirait par cicatriser, par s'atténuer. Les années étaient passées. Mais le démon était revenu, et il n'y avait plus personne pour bercer Hannah, plus personne à consoler pour ne pas s'effondrer.

En montant dans le bus pour rentrer chez elle, Hannah pense à l'enterrement. La cérémonie n'avait pas été le pire, contrairement à ce qu'elle avait imaginé. Elle avait redouté de faire ses adieux à cette femme qui représentait tout son univers. Elle devait se montrer digne de Guitta qui l'avait élevée, consolée, qui lui avait permis de devenir celle qu'elle est aujourd'hui. Être capable d'avoir un mot pour tous ceux qui viendraient l'honorer. Non, le pire n'avait pas été ces quelques heures qu'elle avait traversées, enveloppée de l'attention des autres. Le pire avait été la succession interminable de moments où elle se heurtait à l'absurde. Au néant. À cette séparation irréelle que sa conscience refusait. À cet émiettement d'elle-même, de ses repères. À cette perte de sens.

Elle avait d'abord rempli le vide par les démarches administratives et les répétitions. Mais ça ne dure qu'un temps. Rapidement, l'envie d'appeler sa grand-mère la tenaillait, et elle était brutalement rattrapée par la réalité. Désormais, elle était seule. Le monde entier devenait alors hostile, il fallait faire attention de ne pas glisser, de ne pas tomber. Elle avait pris l'habitude de laisser les lumières allumées la nuit dans l'appartement. Au cas où il y aurait un problème. Quel problème ? Elle était bien incapable de le définir, mais l'idée de prendre le moins de risque possible la rassurait. Pourtant, cela faisait des années qu'elle vivait seule, mais cette appréhension ne la lâchait plus.

Oui, cette douleur familière, elle la reconnaît. L'insécurité, la blessure de l'abandon et la rupture inéluctable, Hannah a grandi avec. Elle est l'inconsolée. Et cette fois-ci, le démon a pris les traits de Nassim.

– 62 –

Elle entre à pas de loup dans l'atelier, s'éclaire avec son portable, elle a l'impression d'être une voleuse. Une voleuse de vérité, se dit-elle en souriant. Elle glisse la clé dans la serrure en savourant l'instant. Celui de pouvoir envisager tous les possibles avant de découvrir ce que renferme cette porte.

« Tu ne me fais pas confiance ? lui avait-elle demandé lorsque Juan s'agaçait de son insistance.

– Ce n'est pas une histoire de confiance, mais j'ai quand même le droit de ne pas tout te dire ! »

Elle avait rétorqué qu'elle ne lui cachait rien.

« C'est ton choix. Cette minuscule part d'inconnu me protège. »

Elle l'avait fixé, interdite.

« De ton avidité ! » avait-il ajouté en l'attirant à lui et en prenant possession de sa bouche. Il l'avait déshabillée et entraînée sur le vieux canapé défoncé. Lui avait murmuré qu'elle était son amour, sa petite fouineuse, qu'il était fou d'elle et qu'il allait la dévorer. Hannah avait ri et oublié le temps de leur étreinte cette histoire de clé.

Tous ces détails lui reviennent avec une étonnante clarté au moment où elle pose la main sur la poignée et la pousse. Elle tombe des nues. Elle avait tout imaginé, tout sauf ce mur de billets, cet empilement d'argent. Des liasses partout. Les étagères croulent sous les devises. Des euros, des dollars. Elle approche sa main, suspend son geste. Comment Juan a-t-il pu obtenir de telles sommes ? Ses doigts effleurent le papier. Elle ose à peine le toucher. Jamais elle n'en a vu autant. Combien d'argent y a-t-il ? Impossible de compter. Vend-il mieux qu'elle ne l'imagine ? Elle secoue la tête. C'est absurde. Même en vendant tous ses tableaux, il ne pourrait en tirer une somme aussi pharaonique. Un héritage ? Mais ses parents ne sont pas morts, et on ne récupère pas l'argent en liquide… *Il faut toujours suivre le menteur jusqu'à la porte de chez lui.* Ce vieux dicton était un de ceux que préférait son grand-père. D'où vient cet argent ? Trafic de drogue ? Prostitution ? Mafia ?

« Ce n'est pas à moi. »

Hannah sursaute. Elle ne l'a pas entendu arriver. Elle se retourne lentement. Par crainte de ce qu'elle va déceler sur son visage. Impassible, il l'observe avant de lui expliquer que rien de ce qui est dans cette pièce ne lui appartient. Tout est à Nassim.

« À Nassim ? »

Il acquiesce. Nassim évite de parler de ses ventes mirifiques. Il vend des tableaux dans le monde entier et ne se fait payer qu'en liquide. Nassim, toujours entre deux avions, entre deux femmes, Nassim qui lui a demandé de tout garder pour lui. Nassim, son ami d'enfance.

« Nassim ? répète Hannah, stupéfaite.

– Oui.

– Pourquoi te le confier à toi ?

– Parce que c'est mon meilleur ami.

– Pourquoi ici ? »

Juan se racle la gorge.

« Ce n'est pas de l'argent qu'il peut mettre à la banque…

– À cause des impôts ? »

Il sourit et Hannah se raccroche à ce qu'elle pense être une réponse pour ne pas être rongée par l'inquiétude.

– 63 –

Vingt-quatre mois sont passés. Il en reste trente-six. Après l'angoisse de la perquisition, l'humiliation de la garde à vue, la terreur du procès, et l'énoncé du verdict, la peine maximale. *Cinq ans ferme. Deux avec sursis.* Toute sa vie, la voix du juge résonnera dans sa tête, se dit-il. Cinq ans, bon sang. *Condamnation pour escroquerie et usage de faux.* Cinq ans ! *Et 50 000 euros d'amende.* Hier, cette somme l'aurait fait sourire. Aujourd'hui, il ne sait pas où la trouver. Il n'a plus rien. La peine maximale.

Il n'aurait jamais dû accepter ce dernier transfert. Il aurait dû arrêter, suivre son intuition qui lui soufflait qu'il était arrivé au bout de sa chance. Mais comment deviner la trahison de Nassim ? Comment cette idée pouvait-elle même affleurer son esprit ? Je me suis fait berner, se dit-il. Nassim a exploité mon talent, a gagné beaucoup d'argent, en a fait gagner à des gens hors d'atteinte, et au final il est libre alors que je croupis entre ces quatre murs. Je n'ai tué personne. Tout au plus spolié des naïfs. Comme les autres membres du trafic. Mais si tous sont coupables, je suis le seul à être tombé. Le faussaire. Nassim, lui, s'est évanoui dans la nature. Il a volé le fric, puis s'est évaporé. Plus rien. Sauf la photo, et son foutu commentaire *Je pense à toi.*

Juan projette son poing droit contre le mur. La douleur irradie aussitôt jusqu'à son épaule. Quel con ! songe-t-il. Nassim lui a tout pris. Son talent, sa vie. Et maintenant, sa cible est Hannah. Hannah, son ultime rempart contre la folie. Depuis des années, Juan danse au bord du gouffre. Il n'est que fêlures. Pour créer de faux Chagall, il ne suffit pas de tout connaître de l'artiste ni des circonstances dans lesquelles il a exécuté ses chefs-d'œuvre, non, il faut aller beaucoup plus loin. Pénétrer au cœur de son esprit, s'enfoncer au plus profond de son univers, s'immerger dans ses rêves, dans ses cauchemars. Se glisser sous sa peau, deviner ses réactions, anticiper ses émotions. Devenir son double pour réinventer son travail sans jamais le trahir. Reproduire son souffle, sa gestuelle, pour célébrer son onirisme, honorer ses tourments, brouiller les pistes, procéder par discontinuités et ruptures selon les ramifications d'un autre esprit. Au fond, s'il y réfléchit bien, il n'a rien fait d'autre que de poursuivre en développant, en approfondissant le jeu du fantôme de son enfance. Ce jeu où il fallait se faufiler dans la tête de l'autre.

Nassim l'a introduit dans un univers illégal, il l'a incité à aller toujours plus loin. À montrer ce dont il était capable. *Tu n'es qu'un peintre raté.* C'est faux, se répète-t-il. Son coup de pinceau est le même, quelle que soit la toile. Un Chagall ou un Tanpar. La signature est une tache laide. Elle distrait l'œil de la composition. *Tu n'es qu'un peintre raté.* Non! hurle-t-il. Non. Une sueur glacée dévale le long de sa colonne vertébrale. Non! Il prend sa tête entre ses mains. C'est faux, répète-t-il, c'est faux. Tais-toi! Il est capable de créer des chefs-d'œuvre. *Tu n'es qu'un peintre raté.* Non, un peintre sans reconnaissance. Une œuvre d'art inutile. Tout ce temps passé, cette créativité débordante, ces efforts, c'était pour rien. Je ne vais rien laisser derrière moi, aucune empreinte ineffaçable. Je serai le faussaire. Il a le souffle court. Je ne serai rien d'autre. Un simple copiste. Pas un artiste. Je suis passé à côté de ma vie.

La souris de Nassim revient trotter dans son esprit. Moi aussi, je galope dans ma roue, je m'éreinte à chercher une issue quand il n'y en a pas. Accepter la situation ? J'en suis incapable. Rester ici ? Intolérable. Mais comment sortir plus tôt ? Comment m'échapper ? Dans quelle fissure m'engouffrer ?

– 64 –

Hannah non plus n'est pas près d'oublier la perquisition. Ce déferlement chez eux, au petit jour. Les coups tambourinés contre la porte, les hommes qui surgissent. Elle, en tee-shirt, jambes nues. Juan, en caleçon. Tirés du lit par deux types. Les autres retournant l'appartement, vidant les placards de la cuisine, ceux de la chambre, renversant tous les livres de la bibliothèque, les partitions. L'appartement entier est dévasté sous leurs yeux. Elle y assiste avec la sensation d'être prise au piège dans un cauchemar. Et cet ordre qui claque, *Ouvrez l'atelier si vous ne voulez pas qu'on défonce la porte.* Juan enfile un jean et glisse ses pieds nus dans ses baskets. Hannah l'imite. Les voisins entrouvrent les portes. *C'est quoi ce bordel?* Et se taisent dès qu'ils aperçoivent les policiers. Même saccage. Les toiles jetées au sol, les pots de peinture renversés. Ils vont trouver la porte, redoute Hannah, terrifiée. Tout à coup, elle comprend que c'est précisément leur but. Les billets. C'est à Nassim. Pas à Juan. Elle se le dit encore et encore, quand elle voit Juan tendre la clé. Cet homme, son ultime et inébranlable protection, laisse soudain apparaître une immense fragilité. Il est défait. Épaules voûtées, tête basse. Hannah ne peut plus respirer. Ils vont trouver l'argent. C'est la fin de la vie d'avant. Elle pose sa main sur le bras de Juan. Il attrape sa main et s'y accroche. Le sang s'est retiré de ses joues. Ses yeux sont cernés. Il a pris mille ans.

Quand ils ouvrent la porte, Hannah se fige. Elle ne comprend pas. Les étagères sont vides. Pendant une fraction de seconde, elle ressent un profond soulagement. Puis elle les voit. Deux tableaux, posés devant eux. En évidence. Deux toiles que les agents saisissent sans prononcer le moindre mot. Hannah a le temps d'apercevoir des personnages flottant dans un ciel étoilé, quelques animaux, et de déchiffrer la signature. Son cœur manque un battement. Elle se détache de Juan, se recule. D'où viennent ces Chagall ? Comment se sont-ils retrouvés dans l'atelier ? Un vol ? Sa gorge s'assèche. Jamais il ne ferait une chose pareille ! Alors que font-ils là ? Nassim ? Oui, ils lui appartiennent forcément. Pourquoi Juan ne dit rien ? Il faut qu'ils le sachent.

« Juan est innocent, clame-t-elle. Ce n'est pas à lui.

– Tais-toi, lui souffle Juan. Je t'en prie.

– Suivez-nous. »

Sidérée, Hannah voit Juan partir, encadré par ces hommes, et la première idée qui lui traverse l'esprit, c'est qu'il est pieds nus dans ses baskets et qu'il va se blesser. Elle se ressaisit :

« De quoi l'accusez-vous ? crie-t-elle en les suivant. On n'emmène pas les gens comme ça ! Je vais appeler son père ! Vous ne savez pas qui est son père ! Vous allez le regretter !

– Surtout pas ! l'interrompt Juan en continuant d'avancer.

– Quoi ? demande-t-elle en se précipitant derrière lui. Mais pourquoi ?

– Ça suffit, suivez-nous au poste. »

L'inimaginable venait de se produire. Une irruption de l'absurde et de la férocité. Et ce n'était que le début.

– 65 –

L'épreuve la plus difficile avait été le procès. Comme une pièce de théâtre dans laquelle chacun tenait son rôle. Hannah avait reçu celui de la compagne éplorée, Juan, celui du criminel, et le juge, celui de l'arbitre intraitable. De ce moment charnière, elle ne garde que des sensations diffuses. Surtout celles des jours qui le précédaient. L'impression de se préparer pour un ultime combat. Le plus âpre à mener. Celui de témoigner. Proclamer une nouvelle fois son ignorance, sa candeur. *Vous ne vous doutiez de rien? Vraiment?* Comme ces épouses d'assassins qui vivent des années auprès d'un homme doux et attentionné, qui a enterré les cadavres de ses victimes dans le jardin. Ou de ces maris qui n'ont pas vu leurs épouses glisser le nouveau-né dans le congélateur. *Les truands ont de bonnes cachettes, vous savez?* Des planques devant lesquelles on passe chaque jour sans se douter de ce qu'elles recèlent. Mais Juan n'avait tué personne. Juan n'avait fait que mettre son talent au service d'un autre. Il l'avait fait pour Nassim. C'était lui le coupable. Lui, l'assassin de leur avenir.

L'avocat avait promis de préserver Hannah. Pourtant, l'angoisse la tenait en étau. Il fallait qu'elle s'exprime bien, qu'elle soit précise, *surtout, dites la vérité*, avait-il insisté. En s'approchant du juge, elle s'était imaginé monter sur scène pour interpréter une composition simple. Être naturelle, ne pas mettre d'effet, rester elle-même. Être à la hauteur du moment. Comme le jour de l'enterrement de Guitta. Redoutables fragments de son existence qui se mélangent dans son esprit. L'anxiété de ne pas tenir. De ne pas faire face. Que les mots se coincent dans sa gorge, que ses sanglots les emportent et que ses larmes les diluent. Que l'épouvante ne grippe la machine. Mais les paroles franchissent les lèvres dans son corps anesthésié. Qu'a-t-elle dit ? Elle a oublié. Ses phrases se sont effacées de sa mémoire, prononcées puis aussitôt dissoutes. En revanche, elle se souvient très précisément de cette sensation de marcher sous l'eau, d'être plongée dans une bulle cotonneuse. Ça et le dos de Juan, dressé devant elle. Sa nuque qu'elle avait envie de caresser. Ses épaules sur lesquelles elle aurait aimé poser sa tête pour le réconforter. Pourtant, il ne semblait pas en avoir besoin. Il était là, devant elle, avec son élégance naturelle, sa dignité. Il comparaissait, tête haute, répondait d'une voix claire, d'une voix qui ne tremblait pas. Et ne s'était pas effondré à l'énoncé du verdict. Non, il s'était simplement retourné vers elle et son regard s'était arrimé au sien quelques secondes. Avant de disparaître dans les dédales du palais de justice.

– 66 –

Hannah, il me reste peu de temps pour t'écrire. Pour te dire à quel point je regrette ce qui s'est passé, ce que je t'ai fait subir. Jamais je n'oublierai l'expression de ton visage, la manière dont il s'est décomposé sous mes yeux. Ta peur quand les flics sont entrés dans l'appartement, ta sidération quand ils m'ont forcé à ouvrir la porte de l'atelier et que tu as aperçu les Chagall. Ton regard sur moi. Ton incompréhension, puis le goût acide de la trahison. Ta colère face à la réalité crue, à mes mensonges, à cette vie menée si près de toi, mais dont tu ignorais tout. Ta fureur de me voir ruiner d'un coup tout ce qu'on avait bâti ensemble. Je sens encore la pression de ce regard, il m'écrase parce que je n'ai pas su, pas voulu te parler. Je revois tes doigts posés près des miens au parloir. Avant le procès, avant la condamnation. Ton avidité de vérité. Celle que j'étais obligé de te confier pour que tu l'entendes de ma bouche avant de l'entendre de celle des autres. L'avocat allait arriver. On avait peu de temps. Tu étais très inquiète, très énervée. Tu ne comprenais pas pourquoi j'étais devenu faussaire. Pour l'argent ? Le goût du risque ? Pour prouver quoi ? Que j'étais plus talentueux qu'on ne le pensait ?

Je me revois chercher mes mots. Hésiter une fois encore à t'avouer la vérité. Parce qu'elle est minable et terriblement humaine. L'addiction. L'adrénaline. Le défi. Un cocktail explosif, dangereux et fascinant. Comme un joueur, je misais gros et ressentais cette tension fabuleuse. Un faux Chagall contre des millions. Un faux qui trompait commissaires-priseurs, spéculateurs et experts. Une série de coups heureux que la superstition des joueurs attribue aux novices.

La première fois, j'ai vraiment douté de moi en tendant la toile à Nassim. J'ai eu la crainte de le décevoir, de ne pas être assez bon pour ça. Et j'ai vu un éclat traverser sa pupille, un sourire éclairer son visage. C'est tout simplement parfait, *s'est-il exclamé.* Ils vont se battre pour tes toiles ! *La reconnaissance allait arriver, mais pas celle que j'espérais. On allait arnaquer le marché avec mes faux, quand mes créations n'attiraient personne. Mais j'étais grisé. Avant, je ne m'étais jamais demandé comment on faisait pour vieillir une toile. Pour la jaunir. Nassim m'a initié à l'art de la contrefaçon, et on s'y attelait ensemble. Aux châssis et aux toiles d'époque qu'il fallait dénicher pour la période russe, la plus difficile à réaliser. Nassim courait les antiquaires et les brocantes pour acheter des croûtes de la même période. Ensuite, ne restait plus qu'à assembler les châssis et à les salir avec de la poussière d'aspirateur. Je préférais la période Saint-Paul, plus facile. Les matériaux correspondent à ceux d'aujourd'hui, et il suffisait de vieillir les toiles dans du thé.*

Un jeu d'enfant. Un jeu dont la seule règle à respecter était la loyauté, le seul état d'esprit, la complicité. Un jeu fait pour nous. C'est ce que je croyais. On était pris dans un tourbillon de chance. L'excitation qui monte et l'impression, à chaque livraison, de franchir un palier. La fascination de défier la loi, de risquer bien au-delà de nos moyens. Et de piétiner le destin que l'on a voulu tracer pour moi, piétiner mon père et ses valeurs. D'être plus puissant que lui. Plus puissant que les dieux et le temps en créant les tableaux d'un des plus grands maîtres. Moi qui étais inconnu dans ce milieu, je devenais incontournable. Un faussaire dont on réclamait les toiles. Prodigieuse victoire. La plus dangereuse des voluptés. Une fois ce poison instillé, je ne pouvais plus m'arrêter. Serais-je encore capable de cet exploit le lendemain ? Le surlendemain ? Je remettais ma réputation sur le tapis en découvrant avec stupeur que le mensonge ne pesait pas si lourd sur ma conscience. Comme l'ombre du danger qui finit par s'éloigner. Avec désinvolture, je vivais cette expérience, en marge. Ce qu'on attendait de moi était si facile. Imaginer des tableaux fictifs du maître. À Nassim de les écouler. Il m'avait expliqué le secret. Tout ce qui compte, c'est la provenance de l'œuvre. Son authentification et l'origine de la collection. Nassim est un génie de l'arnaque. À force de côtoyer des voyous, il en est devenu un. Il avait réussi à s'introduire dans le petit monde très fermé des collectionneurs. À moi, le choix du peintre. J'avais hésité entre Picasso et Chagall. On dit que Picasso est le triomphe de l'intelligence, Chagall, la gloire du cœur. Et puis Chagall était le peintre préféré de mon père. Qui m'avait cité un jour cette phrase de Picasso, On ne sait jamais avec Chagall lorsqu'il peint, s'il dort ou s'il est réveillé. Quelque part, dans sa tête sans doute il doit y avoir un ange. *À chaque tableau écoulé, je marquais des points dans un match silencieux contre lui.*

Le reste du circuit était assez simple. On remettait des fortunes à Nassim qu'il blanchissait en achetant mes fausses toiles, qu'il écoulait. Un jeu d'enfant, je te dis. Les spéculateurs achetaient et revendaient les œuvres sans vraiment vérifier. Quant aux ayants droit de l'artiste, Nassim les connaissait. Moyennant finance, ils signaient ce qu'il leur soumettait, certifiant l'authenticité des tableaux. Quelques semaines avant la perquisition, j'avais annoncé à Nassim que je voulais arrêter. J'avais gagné tellement d'argent que je pouvais me consacrer à mes tableaux. Et, instinctivement, je sentais que j'avais eu trop de chance pour que cela dure. Mais Nassim avait une dernière demande. Très importante. J'aurais dû me méfier. Surtout quand il est venu la veille de la perquisition. Après tout ce qu'il m'avait dit. Mais de lui, je n'avais jamais douté. Et je ne vois pas où j'aurais pu cacher les tableaux. C'est lui qui m'a dénoncé, j'en suis certain. Lui que je considérais comme mon frère. Lui qui m'a mis le pied à l'étrier avant de me faire condamner. On m'a dit que la dénonciation anonyme était d'une précision rare. Tout ce qu'il fallait pour que je n'aie aucune chance de m'en tirer. Jamais je ne l'aurais cru capable d'une telle perfidie. Cette blessure ne cicatrise pas. Elle est trop profonde pour que j'arrive à l'accepter.

Aujourd'hui, ma vie commence à l'aube et s'éteint chaque nuit. Je ne possède rien d'autre que mes souvenirs. Je vis dans mes songes, je m'échappe dans mes rêves. Traces fugitives de ma vie d'avant. Je pense à Tanger, et une euphorie monte en moi. Tanger, la ville de mon enfance. Tanger, mon refuge. Je revois les courbes gracieuses de ses paysages. Cette ville est si belle. Sa lumière étincelante. Je cherchais là-bas une issue, je voulais réapprendre à vivre selon des règles simples pour moins souffrir. Et je t'ai rencontrée. Il y a des êtres qui changent une vie. Nassim m'a ouvert les portes des ténèbres, toi, tu m'as rendu meilleur.

Je me rends compte que j'ai déjà pris ma décision, mais je préfère ne pas l'écrire. La garder au chaud. Parce que si je me tais, je pourrai toujours revenir en arrière. Mais l'existence est un apprentissage de la perte, et j'ai tout perdu. Même toi. Je t'ai causé trop de mal, jamais tu n'aurais dû perdre ton regard rieur et ton sourire par ma faute.

Face à la mer, mon cœur est en paix, détaché de tout souci, pareil à cette étendue libre et sans fin. Puis les images et les sons se dissolvent. Un relâchement de mes épaules. Tout ce que j'aime vraiment est là-bas. Une sensation de bien-être absolu. Je suis rentré, je suis chez moi. Une paix m'envahit. Tu es avec moi, pour toujours à présent.

– 67 –

Hannah est désormais plus âgée que sa mère ne le sera jamais. Elle a trente-neuf ans aujourd'hui. Cette idée monopolise son esprit. Parce que la place est vide, parce qu'elle n'a personne avec qui échanger, parce que la solitude est trop prégnante, Hannah a décidé de refuser l'obscurité en jouant. Mais le public qui l'attend est très différent de celui auquel elle est habituée. La scène non plus n'est pas la même. Dans le bus, elle plonge la main dans son sac et caresse son écrin du bout des doigts. Son rituel. Sauf qu'en effleurant l'étui, c'est elle-même qu'elle réconforte, qu'elle rassure. Les femmes qu'elle va retrouver sont aussi abîmées qu'elle, aussi oubliées, aussi perdues. Mais elles ont fait preuve d'une générosité, d'une humanité dont elle n'a pas été capable. Leur chaleur, leur bonté l'ont déstabilisée. Il est temps d'offrir à son tour.

Elle pousse la porte, le sourire aux lèvres. Elle a une heure d'avance sur son parloir. Une heure, pour un don qu'elle espère aussi intense que le leur a été pour elle. Hannah pose son sac au sol et sort son étui noir. Elle a choisi la *Partita pour flûte en la mineur* de Bach.

Dès les premières notes cristallines, les femmes se tournent d'un même mouvement vers Hannah, et se taisent. Elles se laissent emporter par le frémissement des arpèges, la virtuosité des doubles croches. Les yeux clos, Hannah les enveloppe d'une exaltation fiévreuse, les détourne avec passion de leurs chagrins, de leurs angoisses.

Ce chant vibrant qui, du plus profond de son âme, naît sous ses doigts traduit ce qu'elle est incapable d'exprimer autrement. L'infini ricochet du tempo, la variation rythmique mettent à nu son arrogance du début, sa peine et l'absence criante de Juan, avant de revenir par une arabesque virevoltante à la joie. Trop pudique, Hannah s'abandonne, et ses doigts papillonnent amoureusement sur l'instrument, cajolent les touches, les embrasent. À ses compagnes d'infortune, elle dédie ce morceau, l'un de ses préférés.

Quand elle ouvre les yeux, les filles la regardent, abasourdies. Comme engourdies par cette parenthèse de grâce, hors du temps, elles perçoivent encore la magnificence qui a recouvert ces tristes murs de feuilles d'or, de faste et de lumière. Puis un crépitement d'applaudissements et des larmes. Hannah, sa flûte à la main, les salue en se penchant avec cérémonie sous les *bravo*, les *c'était extra !*, les *putain, c'était trop beau !* Hannah sourit. Elle est heureuse. Du bout des doigts, elle leur envoie des baisers, et se penche une nouvelle fois avant de démonter sa flûte et de la poser délicatement dans son écrin en velours rouge. Elle le caresse avant de le glisser dans son sac. *Je n'ai jamais rien entendu d'aussi beau*, lui dit le surveillant en s'approchant d'elle.

– 68 –

« Je n'ai jamais rien entendu d'aussi beau, mais il faut arrêter de venir.

– Pardon ? »

Le haut-parleur égrène des noms, et les femmes appelées s'éloignent en lui faisant des signes enthousiastes.

« À la semaine prochaine, l'artiste ! crient-elles.

– Il faut arrêter, madame, reprend-il. Ce n'est pas bon pour vous, pas sain.

– Je ne comprends pas », répond-elle en arrimant son regard à celui du gardien.

Elle détaille les traits de son visage. Les lèvres pleines, le nez droit, les plis du front et aux coins des yeux. Les femmes qui attendent leur tour se rapprochent.

« Qu'est-ce qui se passe ? »

Déjà de l'agressivité dans leurs voix. Le gardien ne quitte pas Hannah des yeux. Avec une délicatesse inattendue, il pose sa main sur le bras de la musicienne. Elle baisse les yeux sur ses épaules larges, sur son uniforme.

« Vous savez que j'ai raison, dit-il doucement.

– Non, mais non », répète-t-elle en secouant la tête.

Il est si près qu'elle sent son haleine de fumeur.

« On est bien jeudi aujourd'hui ? »

Une pointe d'angoisse la transperce. L'homme acquiesce, le regard empreint de tristesse.

« Alors Juan m'attend. »

Le mécontentement monte du côté des femmes. Hannah se tourne vers elles, cherche leur appui. Sofia se plante devant le surveillant.

« Foutez-lui la paix ! lance-t-elle en le défiant du regard. Laissez-la passer. »

Il ne lui prête pas la moindre attention. Il ne voit qu'Hannah, en train de se débattre avec ses démons.

« Vous savez bien, bafouille-t-elle, que je viens tous les jeudis voir Juan. Il m'attend. »

Le gardien baisse la voix. Sofia a un pressentiment. L'intuition que dans quelques minutes l'énigme qu'elle pressent chez Hannah va enfin être dévoilée. Elle se rapproche encore dans son dos, comme pour mieux la retenir. Le gardien prend une profonde inspiration avant de formuler l'insoutenable.

« Non, madame. Juan ne vous attend plus.

– Mais si, il m'attend. »

La voix d'Hannah s'étrangle, tandis qu'il serre doucement son bras.

« Non, dit-il en secouant la tête. S'il vous plaît, ne m'obligez pas à vous le redire. »

Saisie par l'effroi, elle recule d'un pas et se heurte au corps de Sofia. Le gardien laisse retomber sa main, tandis que celle de Sofia prend le relais.

« Cela fait trois ans qu'il ne vous attend plus. »

Il chuchote presque. Le souffle court, Hannah a l'impression d'étouffer. La douleur la traverse de part en part. Autour d'elle, les femmes muettes de stupeur. Un silence de plomb s'est abattu sur la salle. Hannah sent des mains l'effleurer, des gestes de compassion, des gestes maladroits.

« Madame, il est mort. Il s'est suicidé. Vous le savez bien… »

Elle s'adosse au buste de Sofia avant de se laisser glisser jusqu'au sol, et de se recroqueviller sur elle-même. Sofia l'accompagne, la retient par son étreinte, et s'assied à ses côtés. Elle échange un long regard avec le surveillant. Celui-ci secoue la tête avec l'expression du messager enfin délivré de son fardeau. Sur le visage de Sofia, l'accablement. Comment peut-on venir pendant trois ans, pour rien ? Venir toutes les semaines alors qu'il n'y a plus personne à qui rendre visite ? Elle est bouleversée.

« Pleure, ma beauté, pleure », finit-elle par murmurer.

Mais Hannah ne pleure plus. Hannah a les yeux secs.

– 69 –

Autour d'elle, des gens qui déambulent sur les trottoirs, des voitures, des motos qui zigzaguent en pétaradant dans les ombres striées des réverbères. Ses yeux passent d'une image à l'autre, et elle en oublie de regarder où elle met les pieds. Elle manque trébucher sur le sol dallé. Son corps est un vase brisé. Elle revoit Juan. Chaque trait de son visage. Sa mâchoire dont elle essaie de mémoriser la forme, la manière dont sa chemise tombait sur sa poitrine, ses boucles brunes. Son regard surtout. Ce regard qui l'avait séduite dès qu'il s'était posé sur elle. Ce regard incomparable, qui ensorcelait et donnait envie de déplacer des montagnes pour le rendre heureux. Un regard à travers lequel elle s'est vue pendant des années, et sans lequel elle redevient ce qu'elle est, une simple mortelle. Hannah marche lentement. Ses chaussures frottent sur le trottoir.

Il ne vous attend plus. Le gardien se trompe. Juan l'attend. Juan a besoin d'elle, comme elle a besoin de lui. *Trois ans que c'est fini.* C'est faux. Rien n'est terminé puisqu'elle ne l'a pas décidé. Juan fait partie d'elle. Il la constitue, la définit. Accepter sa mort, c'est admettre qu'il ne reviendra plus, c'est s'avouer vaincue, et Hannah est une combattante, une survivante. Il vit auprès d'elle, en elle. Elle a enterré suffisamment de morts. Elle ne veut plus être séparée à jamais ni consolée, elle veut continuer à vive avec Juan parce qu'il est la quintessence de sa vie. Comme le sombre rayonnement des mondes engloutis, ces mondes qu'elle côtoie chaque fois qu'elle joue, ces mondes célestes qui n'appartiennent qu'à elle. *Trois ans qu'il est mort.* Venir tous les jeudis donne du sens à sa vie, en fixe le tempo. Ce rendez-vous est celui de l'amour, la célébration de tous les lieux qu'ils ont parcourus ensemble, de la douceur de sa peau contre la sienne. Cachée dans la foule des vivants, Hannah poursuivra cette éternelle cérémonie des adieux. Parce que Juan est derrière chacune de ses émotions, Juan ne peut disparaître. *Trois ans qu'il est mort.* Juan ne peut s'évaporer comme un rêve au petit jour. Le gardien se trompe. Elle reviendra. Parce qu'elle ne sait rien faire d'autre.

–Épilogue–

Hannah a attendu la nuit. Cette heure délicate où elle se plonge dans le tumulte de son âme. Ces instants où elle accepte que le chagrin la dévore. *Maintenant*, murmure-t-elle, *j'ai le droit.* Elle va enfin découvrir son cadeau. Ce cadeau qu'il lui a laissé il y a presque six ans, et dont il lui a révélé l'existence un jour au parloir. *Quand je te le dirai, tu démonteras l'étui de ta flûte, et tu sauras ce qui t'accompagne, jour après jour. Un bout de moi pour toi.* Hannah fait basculer les fermoirs en métal et ouvre le coffret en bois. Elle sort les trois parties de son instrument, les pose sur la table basse, et prend une profonde inspiration. Ce moment, elle l'a longtemps espéré. Elle avait promis. Il fallait attendre. Juan le lui avait demandé. Elle caresse l'écrin en velours rouge avant de glisser son ongle dans le minuscule interstice entre le rebord et la paroi. Elle soulève doucement la coque et la retire. Dessous, le papier de soie. Là, si près de ses mains. Est-ce une lettre ? Chaque jour, en montant sa flûte, elle le devine, ce cadeau dissimulé, chaque jour, elle songe à l'instant où elle osera le sortir de son abri.

Une présence effleure sa joue. Fugace. Ses doigts frôlent le papier avant de l'extraire. Hannah observe la membrane fine en frottant la pulpe de ses doigts contre ses paumes. Sa poitrine se soulève, elle contrôle sa respiration, ses émotions. Elle ferme un instant les yeux. Elle a tenu si longtemps. Elle libère la toile comme elle l'a promis à Juan. Le papier est plus épais. Ce n'est pas une lettre, c'est un tableau. Elle en est certaine. Un tableau qu'il a camouflé dans un cocon de soie au creux de l'étui, et qui a échappé à la vigilance des policiers lors de la perquisition.

Ses mains tremblent un peu en le dépliant. Quand elle essayait d'en savoir plus, Juan refusait de répondre. *Tu verras. Mais ce n'est pas le bon moment. Je te dirai quand tu pourras.* Elle avait patienté, et ne s'était pas méfiée lorsqu'il lui avait annoncé, lors de son dernier parloir, que le lendemain soir elle pourrait ouvrir son cadeau. *C'est pour mon anniversaire?* lui avait-elle demandé. Il avait souri avant de répondre *oui*. Hannah était repartie heureuse, impatiente, sans remarquer que le regard de Juan s'était voilé et que son sourire s'était écaillé. Elle avait promis d'attendre le lendemain, mais le lendemain, le téléphone avait sonné.

L'émotion lui perce le cœur. Ce tableau ressemble à ceux qui ont causé la perte de Juan. Non, il est sublime. Elle porte les mains à sa bouche. Toute sa vie est là, dans ce tableau qui, plié, tient dans l'étui de sa flûte. Son amour et ses vestiges, son passé et ses regrets. Ces deux amoureux allongés sur une barque sont si beaux. Elle se perd dans la contemplation de leurs corps. Et ce rouge lumineux qui les recouvre et se poursuit au-dessus de leurs têtes, comme une promesse d'éternité. Un orchestre, au fond de l'eau, un orchestre céleste au-dessus d'eux, musiciens et gardiens de ces amants heureux, de cette échappée nocturne. Hannah peut percevoir les notes qui s'élèvent comme des rubans de couleur bleue de la surface du fleuve jusqu'à la lune.

Éblouie, elle reste là, assise en tailleur face au tableau de Juan, et sent jaillir des souvenirs, la résonance du bonheur. Elle caresse le couple au centre, qui occupe tout l'espace par sa béatitude, sa sérénité. Ces amoureux abandonnés à l'éternité de leur passion. Ce tableau est un chant d'amour, un élan de tendresse. Hannah éclate en sanglots. Il reflète un monde englouti, un monde de bonheur et de volupté. La promesse d'un paradis perdu, dont Juan est le pèlerin, le messager de ce rêve, de ce monde empli de féerie et de magie. Juan qui est mort. Juan dont elle essaie de retenir l'odeur de la peau, le râpeux de la voix. Elle essaie d'entretenir la sensation qu'elle avait en enfouissant la main dans ses cheveux épais, toujours emmêlés. Juan et ses doigts tachés de peinture, Juan et l'ardeur de son regard, Juan et son sourire éclatant. De lui, il ne reste que des parfums brumeux. Et ce tableau. Elle le retourne. Au dos, quatre mots. *À Hannah, pour l'éternité.*

Les joues ruisselantes de larmes, elle laisse vagabonder son esprit. Elle le revoit s'asseoir à sa table à Tanger, l'entraîner dans le souk et lui offrir le collier, elle le revoit déballer les cartons dans leur appartement, choisir la place de chaque objet, ne rien laisser au hasard, elle le revoit peindre des étoiles sur le plafond de leur chambre pour qu'ils s'y perdent, et passer des heures devant ses toiles dans la lumière crue de l'atelier. Son sourire mutin, son air impérieux quand il l'emportait vers leur lit. Toutes ces scènes défilent sous ses yeux. Leur vie, leurs instants de félicité, d'enchantement. Ces fragments de vie dont elle n'a pas suffisamment profité, dont elle n'a pas mesuré l'intensité. En contemplant les amoureux dans la barque, elle regrette tout ce qu'elle ne lui a jamais dit. Son admiration. La puissance qui traverse son œuvre, la finesse des traits, la profondeur troublante et éclatante de ses aplats noirs. Et cette toile, sans nul doute, de ces faux, est la plus admirable. Ce tableau qu'il a peint pour elle dans le secret de son âme. Ce tableau qui lui chuchote des mots d'amour. Ce tableau à elle seule réservé. Ce tableau qui hurle son absence. *Mon amour,* souffle-t-elle, *pourquoi es-tu parti sans me dire au revoir ? Il me reste tant de choses à te confier. Pourquoi ne m'as-tu pas parlé ? Je croyais tout savoir de tes angoisses, de tes fêlures, de ta vie remplie d'ombres et d'inquiétudes. Pourtant, elles m'ont échappé, elles ont glissé entre mes doigts sans que je parvienne à les retenir. Ensemble, nous aurions pu retisser toutes tes déchirures. Pourquoi n'ai-je pas décelé ton désespoir ? En voulant me protéger de tout, tu m'as protégée de toi-même, de tes fantômes, pour que jamais ils ne me hantent. Mais tu m'as plongée dans ton crépuscule. Et désormais mes jours seront comme tes nuits. Pourquoi m'as-tu imposé cette punition ultime ? Parce que tu savais que jamais je ne t'aurais laissé partir ? Mon amour, je ne t'ai pas assez dit à quel point je t'aime.*

Le destin est souverain. Souverain et cruel. Avec ce tableau, Juan ne la quittera plus jamais. Il est là, il l'attend. Si elle tend la main, elle peut effleurer le bout de ses doigts.

– Remerciements –

À Olivier, qui m'a offert le plus beau des personnages.

À Béatrice, Ben et Alexandre qui m'ont accompagnée tout au long de ces pages.

À Roxane et Michèle, qui partagent la même ferveur pour ce monde de l'invisible.

Et à tous ceux qui nous ont accueillies à Fleury-Mérogis.
À Luis, qui restera la plus belle de mes rencontres là-bas.

À toute l'équipe des éditions Héloïse d'Ormesson.

À ma famille et à Muriel, qui me suivent dans toutes mes échappées.

À Tugdual, qui sait mieux que personne la puissance du *mektoub*.

Conception graphique et réalisation
Anne-Marie Bourgeois/m87design
assistée de Cinthia Lupoli

Achevé d'imprimer
sur Roto-Page
par l'Imprimerie Floch
à Mayenne,
en décembre 2021.

Dépôt légal
février 2022.
Numéro d'imprimeur
99587

Édition n° 1

Imprimé en France